HÉSIODE ÉDITIONS

HENRI CONSCIENCE

L'Aubergiste du village

Hésiode éditions

© Hésiode éditions.

1 rue Honoré - 93500 Pantin.
ISBN 978-2-38512-116-7
Dépôt légal : Novembre 2022

Impression Books on Demand GmbH

In de Tarpen 42
22848 Norderstedt, Allemagne

L'Aubergiste du village

I

Baes Gansendonck était un singulier homme. Bien qu'il fût issu d'une des plus humbles familles du village, il s'était de bonne heure mis en tête qu'il était d'étoffe beaucoup plus noble que les autres paysans, – que lui seul en savait plus qu'une foule de savants réunis, – que si les affaires de la commune s'embrouillaient et marchaient à reculons, c'était uniquement parce que, malgré sa haute intelligence, il n'était pas bourgmestre, – et beaucoup d'autres choses du même genre.

Et cependant le pauvre homme ne savait ni lire ni écrire, et n'avait jamais eu occasion d'oublier grand'chose… mais il avait beaucoup d'argent !

Sous ce rapport du moins il ressemblait à beaucoup de personnes considérables dont l'esprit se trouve aussi sous clef dans un coffre-fort, et dont la sagesse, placée à cinq pour cent, rentre chaque année dans leur cervelle avec les intérêts. Les habitants du village, blessés chaque jour par l'orgueilleuse suffisance de baes Gansendonck, avaient peu à peu conçu une haine profonde contre lui, et lui donnaient le sobriquet railleur de blaeskaek.

Le baes du Saint-Sébastien était veuf et n'avait qu'un enfant. C'était une fille de dix-huit ou dix-neuf ans ; bien qu'elle fût délicate et pâle, les traits de son visage étaient si purs et si fins, son caractère était si doux et si aimable, qu'elle avait donné dans l'œil à beaucoup de jeunes gens. Selon les présomptueuses idées de son père, elle était beaucoup trop bonne, trop instruite et trop belle pour épouser le fils d'un paysan. Il l'avait placée pendant quelques années dans un pensionnat renommé, afin qu'elle y apprît le français et y gagnât des manières en harmonie avec la haute destinée qui l'attendait.

Heureusement Lisa ou Lisette, comme l'appelaient les paysans, était revenue toujours simple et ingénue, bien que des germes de vanité et d'étourderie eussent été jetés dans son âme : la pureté naturelle de son cœur avait étouffé ces semences de mal ; et jusque dans les traces qui pouvaient en rester, sa virginale innocence mettait un charme qui faisait tout excuser en elle.

Selon la coutume, elle n'avait reçu qu'une demi-éducation ; elle comprenait passablement le français, mais ne le parlait qu'imparfaitement. En revanche, elle savait broder d'une manière exquise, faire des pantoufles et des coussins de pied de mille couleurs, tricoter des perles, découper des fleurs de papier, dire le bonjour le plus gracieux, s'incliner et faire la révérence, danser selon toutes les règles de l'art, et elle possédait mille autres talents d'agrément qui, comme dit le proverbe, étaient de mise dans la rustique habitation de son père comme une fraise de dentelle au cou d'une vache.

Dès son enfance, Lisa avait été destinée pour femme à Karel, le fils du brasseur, l'un des plus beaux garçons que l'on put trouver, avec cela fort à son aise pour un villageois, et suffisamment instruit, vu qu'il avait passé quelques années au collège de Hoogstraten.

Toutefois l'étude l'avait peu changé ; il aimait la liberté sans gêne de la vie champêtre, était joyeux comme un pinson, buvait et chantait en tout bien tout honneur avec chacun, plein de vie et de gaieté, ami et camarade de quiconque le connaissait.

La mort prématurée de son père l'avait forcé à quitter le collège pour venir en aide à sa mère en prenant la direction de la brasserie ; et la bonne femme remerciait Dieu tous les jours de ce qu'il lui avait laissé pour consolation un si bon fils, car, en vérité, il n'y avait pas de jeune homme plus actif et plus brave.

La présence de Lisa faisait seule perdre à Karel sa franche vivacité d'esprit ; devant elle il tombait dans une poétique gravité et de vagues rêveries. Assis près de la jeune fille aimée, il se faisait enfant avec elle, prenait plaisir à ses légères occupations, et épiait ses moindres désirs avec une religieuse attention. Elle était si délicate, si faible, mais elle était aussi si admirablement belle sa fiancée ! Aussi le robuste et courageux garçon entourait-il la frêle jeune fille de respect, de déférence et de soins inquiets, comme si la vie d'une fleur languissante lui eût été confiée.

Pendant cinq ou six mois, baes Gansendonck n'avait pas vu grand mal à ce que sa fille devînt la femme de Karel. Il est vrai que cette union n'avait jamais pleinement satisfait son orgueil ; mais comme, selon son opinion, le riche fils d'un brasseur n'était pas, à tout prendre, un paysan, il n'avait pas voulu rompre un engagement pris de longue date, et avait même consenti à ce qu'on préparât et mît en état toutes choses pour le prochain mariage.

L'affaire des jeunes gens était donc sur un assez bon pied, quand le frère de baes Gansendonck, frère qui n'était pas marié, mourut après une courte maladie et laissa un bel héritage, lequel, bientôt après, vint s'ajouter dans l'auberge du Saint-Sébastien, en bonne monnaie sonnante à d'autres tas d'écus.

Pierre Gansendonck était d'avis, comme bien d'autres, que l'esprit, la noblesse et la supériorité d'un homme doivent se mesurer uniquement par l'argent qu'il possède ; et, bien qu'il ne sût pas l'anglais, il était cependant tout porté par sa nature à regarder comme donnant à tout une réponse satisfaisante et irréfragable, cette sublime pensée britannique : Combien cet homme pèse-t-il de livres d'argent ? Ce que dit d'ailleurs aussi le vieux proverbe flamand : L'argent, qui est muet, redresse ce qui est de travers et donne de l'esprit au sot.

Il va sans dire qu'avec un aussi beau système son orgueil ou plutôt sa folie s'était accrue plus encore que sa fortune. Il s'estimait maintenant l'égal au moins de monsieur le baron du village, car il croyait consciencieusement peser autant de livres que ce noble propriétaire.

À dater de ce jour baes Gansendonck se monta de plus en plus la tête, et se crut un des premiers personnages du pays. Il rêvait souvent, pendant des nuits entières, qu'il descendait d'une noble race ; et même, durant le jour, cette pensée flatteuse le berçait et caressait continuellement son esprit. Afin de s'affermir dans l'opinion qu'il avait de l'excellence de sa nature, il s'était souvent efforcé de découvrir quelle différence il pouvait y avoir entre un gentilhomme et lui ; mais en réalité, il n'en trouvait pas.

Sa conscience lui disait bien de temps en temps qu'il était trop vieux pour apprendre le français, pour changer toute sa manière de vivre, et faire son entrée dans une société plus élevée. Mais s'il ne le pouvait plus, sa fille du moins était en état de monter en rang dans le monde et d'épouser le meilleur d'entre les premiers barons. Quelle heureuse certitude pour baes Gansendonck ! Avant de mourir il aurait le plaisir d'entendre nommer sa Lisa, madame la baronne ! Lui-même serait grand'père de quelques petits barons !

On comprend que l'amour de Karel le brasseur commençât dès lors à le contrarier vivement, et qu'il accusât, dans son for intérieur, le joyeux garçon d'être un obstacle à l'avenir de sa fille. Déjà il avait parlé de Karel en présence de Lisa avec une méprisante aigreur, et dit des choses qui avaient tellement blessé la jeune fille que, pour la première fois de sa vie elle s'était révoltée avec dépit contre son père et avait versé des larmes amères au moins pendant deux heures.

Pour ne pas affliger sa fille, il s'abstint de toute attaque directe contre l'amour du brasseur, mais il se promit bien de retarder le mariage par des expédients jusqu'à ce que le temps vînt arracher à Lisa le bandeau qui l'aveuglait, et qu'elle-même se convainquît que Karel n'était rien qu'un grossier paysan comme les autres.

II

Dès le point du jour les domestiques et les gens de journée étaient occupés à leurs travaux accoutumés dans la cour de l'auberge du Saint-Sébastien. Thérèse, la vachère, lavait auprès du puits des betteraves pour le bétail ; on entendait dans la grange ouverte le bruit cadencé des fléaux ; le garçon d'écurie chantait une grossière chanson en étrillant les chevaux.

Un seul homme se promenait du haut en bas, fumant nonchalamment sa pipe et s'arrêtant tantôt ici tantôt là pour regarder travailler les autres. Il était aussi vêtu comme un ouvrier, portait une veste et avait des sabots aux pieds. Bien que son visage attestât surtout la calme tranquillité d'un insouciant far niente, on voyait cependant briller dans ses yeux une certaine expression de malice et de ruse. Au reste, il suffisait de voir ses joues vermeilles et son nez empourpré pour comprendre qu'il s'asseyait à une bonne table et connaissait parfaitement le chemin de la cave.

La fille d'écurie quitta ses betteraves, et s'approcha de la grange où les batteurs étaient occupés à étendre sur l'aire de nouvelles gerbes et qui saisissaient cette occasion pour échanger un mot tout en travaillant. L'homme à la pipe s'était arrêté et regardait.

– Kobe, Kobe, lui cria la vachère, vous avez trouvé la bonne recette ! Nous nous tuons à travailler comme des esclaves du matin au soir, et nous ne recevons en récompense que des sottises qu'on nous jette à la tête. Vous, vous avez le bon vent ; vous flânez, vous fumez votre pipe, vous êtes l'ami du baes, vous avez tous les bons morceaux ! Vous pouvez dire que votre pain est tombé dans le miel ! Le proverbe dit vrai : pour tromper les gens, il n'y a qu'à s'y connaître.

Kobe sourit malicieusement et répondit :

– Avoir, c'est avoir, mais gagner ce qu'on n'a pas, voilà l'art ! Le bonheur vole, celui qui l'attrape le tient bien.

— Frotter le manche c'est tromper, et flatter c'est ramper ! grommela l'un des ouvriers avec aigreur.

— Des mots ne sont pas des raisons, dit Kobe railleur. Chacun est en ce monde pour faire du bien au fils de son père, et ce qu'on trouve il faut le ramasser.

— Je serais honteux de faire ce que vous faites, s'écria l'ouvrier, irrité ; il est commode de tailler des lanières dans le cuir d'autrui ; mais le cochon s'engraisse aussi, quoiqu'il ne travaille pas.

— Un chien en voit un autre avec peine entrer dans la cuisine, dit Kobe en riant. Quand les plats sont inégaux, les frères se brouillent ; mais mieux vaut être envié que plaint. Et puisqu'il faut s'asseoir quelque part en ce monde, j'aime mieux le faire sur un coussin que sur des épines.

— Tais-toi, pique-assiette, et songe que c'est de notre sueur que tu deviens si gras.

— Tistjé, Tistjé, pourquoi me mordre ainsi ? Vous ne pouvez supporter que le soleil donne sur mon étang. Ne connaissez-vous donc pas le proverbe : Qui porte envie à autrui dévore son cœur et perd son temps. Si je recevais moins, en auriez-vous plus ? Suis-je fier ? Vous fais-je du mal ? Au contraire, je vous avertis quand le baes vient, et je vous passe souvent une bonne cruche de bière par le trou de la cave. Vous cherchez ce qui n'est pas perdu, Tistjé ?

— Oui, oui, nous connaissons votre générosité ; vous ressemblez au curé qui bénit tout le monde, mais en se bénissant lui-même le premier.

— Il a raison et moi aussi ; qui sert l'autel doit vivre de l'autel.

– C'est vrai ! s'écria un autre ouvrier. Kobe est un bon garçon, et je voudrais bien être dans ses souliers ; je gagnerais aussi mon pain alors en soufflant aux corneilles des nuages de fumée : quand le ventre est plein, le cœur est en repos.

– Oui, ventre plein, pied traînant ; panse pleine, tête folle !

– Laissez-les jaser, Kobe ; tout le monde ne peut avoir au ciel une bonne étoile ; moi je dis que vous avez beaucoup d'esprit.

– Pas plus que le champignon qui est là-haut sur le cerisier, répondit Kobe avec une modestie affectée.

Tous regardèrent avec surprise un grand agaric qui croissait entre les plus fortes branches du cerisier ; mais les regards se reportèrent immédiatement sur Kobe pour lui demander, selon la coutume, une de ces explications plaisantes dont il était prodigue.

– Ah ! ah ! s'écria la vachère, pas plus d'esprit que le champignon ! Alors vous devez être un terrible lourdaud !

– C'est ce que vous ne savez pas, Mieken. Que dit le proverbe ? Travailler est le lot des imbéciles. Je ne fais rien, ainsi ?...

– Mais qu'a à faire le champignon en tout ceci ?

– C'est une énigme, voyez-vous : le beau grand cerisier, c'est notre baes...

– Flatteur, va ! s'écria la servante.

– Et moi je suis le pauvre et humble champignon...

– Hypocrite ! murmura l'ouvrier frondeur.

– Et si vous parvenez à deviner cette énigme, vous saurez comment les petits chiens doivent s'y prendre pour manger dans le même plat que les grands sans se faire mordre.

Kobe avait l'intention de continuer à vexer ses auditeurs par ses mots à double entente, mais il entendit la voix du baes dans l'intérieur de l'auberge, et dit aux ouvriers en remettant sa pipe dans l'étui :

– Laissez les paysans reprendre leurs fléaux, mes gars ! Voici notre brave, notre gracieux baes qui vient voir si l'ouvrage marche…

– Nous allons avoir notre déjeuner ; ce ne sera pas un petit vacarme ! dit la vachère en courant au puits.

– S'il m'appelle encore, comme hier, voleur et lourd paysan, je lui jette mon fléau à la tête, dit un des ouvriers avec colère.

– La cruche voulut lutter avec la pierre, et elle tomba en pièces au premier choc, dit Kobe ironiquement.

– Quant à moi, je me moque de ses gros mots, et je le laisse défiler son chapelet de sottises, dit un second.

– Vous faites au mieux, dit Kobe ; ouvrez vos deux oreilles bien larges, ce qui entre par l'une sort par l'autre, Il faut bien aussi que le baes en ait pour son argent. Donnez-lui raison et faites ce qu'il dit.

– Faire ce qu'il dit ? et si on ne le peut pas ?

– Dans ce cas-là, donnez-lui raison tout de même et ne le faites pas ; ou plutôt ne dites rien, faites comme si vous ne saviez rien de rien, et songez qu'il n'y a rien de mieux que le silence.

– Tout homme est homme ! Je me moque de sa brusquerie. Qu'il commence, et je saurai bien aussi lui montrer les dents ! Il n'a pas le droit de me traiter comme une bête, quoique je ne sois qu'un ouvrier.

– Ce que vous dites est bien vrai, Driesken, et pourtant vous frappez à faux, fit observer Kobe : chacun doit connaître sa place dans le monde. Que dit le proverbe ? Êtes-vous enclume, souffrez les coups comme une enclume ; Êtes-vous marteau, frappez comme un marteau. Et puis un bon petit mot brise une grande colère. Si vous voulez que cela aille mieux, souvenez-vous qu'il est difficile de prendre les mouches avec du vinaigre, ou les lièvres en battant le tambour…

– Kobe, Robe ! cria une voix de l'intérieur avec un accent marqué d'impatience.

– Voyez, voyez-le composer sa mine hypocrite ! dit d'un ton moqueur un autre batteur.

– C'est justement là l'art que vous n'apprendrez jamais ! riposta Kobe.

Et se tournant vers l'auberge, il cria sur un ton suppliant et comme s'il eût été effrayé :

– Je viens, je viens. Cher baes, né vous fâchez pas, j'accours, je suis là.

– Il gagne son pain à jouer le chien couchant ! murmura avec mépris l'ouvrier courroucé ; j'aime mieux battre le blé ma vie entière. Voilà ce qui arrive des hommes qui ont passé par tous les filets comme lui !

– Il a été dix ans soldat. C'est là qu'on apprend à faire le niais et le bouffon pour travailler le moins possible. Après cela, il est devenu domestique de messieurs, et ce métier-là ne donne pas non plus de durillons aux mains… Mais quelle diablesse d'énigme nous a-t-il donnée là ? Comprenez-vous ce qu'elle signifie ?

– Oh ! c'est facile à deviner, répliqua le premier ; il veut dire qu'il est installé sur la nuque du baes, et qu'il en vit comme le champignon du cerisier. Allons, allons, remettons-nous à battre.

III

– Hé bien, Kobe, demandait baes Gansendonck à son domestique, quel air ai-je avec mon nouveau bonnet ?

Le domestique recula de deux pas et se frotta les yeux comme quelqu'un frappé d'étonnement par une chose incroyable :

– Oh ! baes, s'écria-t-il, dites donc, est-ce bien vous ? Je pensais voir monsieur le baron. Bonté du ciel ! comment cela se peut-il ? Levez un peu la tête, baes ; tournez-vous encore un peu, baes ; marchez un peu maintenant, baes. Voyez-vous, vous ressemblez à monsieur le baron comme une goutte d'eau…

– Kobe, dit le baes avec une feinte sévérité, tu veux me flatter ; je n'aime pas cela.

– Je le sais, baes, répondit le domestique.

– Il y a peu d'hommes qui aient moins d'orgueil que moi, bien qu'on dise par jalousie que je suis fier parce que je ne puis supporter les paysans.

– Vous avez raison, baes. Mais, en vérité, je doute encore si vous n'êtes pas le baron !

La joie rayonnait dans les yeux de baes Gansendonck ; la tête en arrière et dans une fière attitude, il contempla en souriant le domestique qui continuait à faire toutes sortes de gestes d'étonnement.

Kobe n'avait pas tout à fait trompé son maître. À en juger sur l'extérieur, et sans avoir égard à sa stupide physionomie, baes Gansendonck ressemblait absolument au baron. Rien d'étonnant en cela ; depuis trois mois déjà il s'évertuait à copier les vêtements que le baron portait d'habitude ; ce à quoi peu de gens avaient fait attention, parce qu'à la campagne le baron vivait sans la moindre gêne et ne portait qu'un costume fort ordinaire.

Mais, quelques semaines auparavant, le baron avait eu une fantaisie. Qui n'en a pas ? Un magnifique caniche lui était mort, et de la peau de l'animal il s'était fait faire un bonnet fourré. Ce joli bonnet avait si bien donné dans l'œil à baes Gansendonck, qu'il s'en était fait confectionner un semblable en ville. Ce bonnet étalait en ce moment ses mille boucles frisées sur la tête du baes du Saint-Sébastien, qui ne pouvait assez s'admirer lui-même dans le miroir depuis la flatteuse exclamation de son domestique.

Il se prépara à sortir.

– Kobe, dit-il, prends ma fourche ; nous allons traverser le village.

– Oui, baes, répondît le domestique en composant sa physionomie, et en suivant son maître sur les talons.

Sur le grand chemin bordé de maisons, ils rencontrèrent beaucoup de villageois qui ôtèrent poliment leur chapeau ou leur casquette à baes Gansendonck, mais qui partaient d'un éclat de rire aussitôt qu'il était passé. Beaucoup d'habitants accoururent aussi sur le seuil de leur demeure ou de leur étable pour admirer le bonnet velu du baes ; celui-ci ne saluait personne le premier, et s'avançait la tête haute et d'un pas lent et majestueux comme le baron le faisait d'ordinaire. Kobe, la figure niaise en apparence, marchait silencieux derrière son maître, et le suivait dans tous ses mouvements aussi fidèlement, aussi patiemment, que s'il eût fait l'office d'un chien.

Tout alla bien jusqu'en face de la forge ; mais là se trouvait quelques jeunes gens qui conversaient. Dès qu'ils virent apparaître le baes, ils se mirent à rire si haut, qu'on pouvait les entendre dans toute la rue.

Sus, le fils du forgeron, connu pour un railleur émérite, se mit à se promener devant la forge la tête en arrière, à pas compassés, et singea si exactement baes Gansendonck que celui-ci crut en crever de dépit. En passant devant le jeune forgeron, il lui lança un regard étincelant en écarquillant les yeux à les faire sortir de l'orbite ; mais le forgeron le considéra avec un rire si provoquant que baes Gansendonck, fou de colère, passa son chemin en grommelant et menaçant, et s'enfonça dans un sentier latéral.

– Blaeskaek ! Blaeskaek ! criait-on derrière lui.

– Eh bien, Kobe, que dis-tu de cette canaille de paysans ? demanda-t-il quand son courroux fut un peu tombé. Ça ose se moquer de moi ! me traiter comme un fou ! un homme comme moi !

– Oui, baes ; les mouches piquent bien un cheval, et c'est une bête si grande !

– Mais je les retrouverai, les insolents ! Qu'ils y prennent garde, ils le paieront cher. Les montagnes ne se rencontrent pas, mais bien les hommes.

– Sans doute, baes, ce qui est différé n'est pas perdu.

– Je serais bien sot de faire encore ferrer mes chevaux ou de commander d'autres travaux chez ce drôle éhonté.

– Oui, baes, qui est trop bon est à demi fou.

– Personne de ma maison ne mettra plus le pied dans sa forge.

– Non, baes.

– Et alors le moqueur sera bien attrapé et se mordra les doigts, n'est-il pas vrai ?

– Sans doute, baes.

– Mais, Kobe, je crois que ce vaurien de forgeron est payé par quelqu'un pour me vexer et se railler de moi. Le garde champêtre croit aussi que c'est lui qui, à la nuit de mai dernière, a écrit quelque chose sur notre enseigne.

– À l'âne d'argent, baes.

– Il est inutile de répéter ces vilaines grossièretés !

– Oui, baes.

– Tu devrais le rosser d'importance entre quatre yeux pour que personne ne le voie, et puis lui faire mes compliments.

– Oui, baes.

– Le feras-tu ?

– Les compliments, oui, baes.

– Non, la rossée !

– C'est-à-dire que vous voudriez me voir revenir à la maison sans bras ni jambes. Je ne suis pas très-fort, baes, et le forgeron n'est pas chat à empoigner sans gants.

– As-tu peur d'un aussi lâche fanfaron ? Il y a de quoi être honteux !

– Il n'est pas bon de se battre contre celui qui est las de la vie. Mieux vaut Jean poltron que Jean mort, dit le proverbe, baes.

– Kobe, Kobe, je crois que tu ne mourras pas de courage.

– Je l'espère, baes.

Tout en causant, la colère de baes Gansendonck se dissipa. Parmi beaucoup de défauts il avait cependant une bonne qualité : c'est que, bien qu'il prît très-facilement la mouche, il oubliait très-promptement l'offense qu'on lui avait faite.

Il avait traversé quelques sapinières et se promenait sur ses propres terres, où il trouva mille occasions de laisser le champ libre à son sentiment outré de la propriété et de tempêter et invectiver contre tout le monde. Ici, une vache s'était fourvoyée et, s'écartant du sentier, avait passé sur sa terre ; là, une chèvre avait quelque peu brouté le feuillage de sa plantation ; plus loin, il crut découvrir des pas de chasseurs et la trace de leurs chiens.

Cette dernière circonstance surtout le fit trépigner de colère. Il avait fait placer à tous les coins de ses champs de grands poteaux avec l'inscription : Chasse défendue, et nonobstant ce il s'était trouvé quelqu'un d'assez audacieux pour violer son droit de propriété.

Il était en train de jeter au vent, sur ce fait, une kyrielle d'imprécations, et dans son courroux il frappait du poing le tronc d'un hêtre.

Kobe se tenait debout derrière le baes et songeait au dîner ; car il devait y avoir un lièvre. Il songeait qu'on ne saurait peut-être pas en bien préparer la sauce, et cette pensée le faisait aussi frapper du pied. Entre temps il se bornait à répondre : oui, baes, et non, baes, sans faire attention à ce que disait son maître.

Tout à coup Pierre Gansendonck entendit une voix moqueuse crier :

– Blaeskaek ! blaeskaek !

Furieux, il regarda tout autour de lui, mais n'aperçut personne que son domestique qui, les yeux fixés sur la terre, remuait les lèvres comme s'il eût été occupé à manger.

– Comment, maraud, est-ce toi ? s'écria baes Gansendonck avec fureur.

– Encore moi ! répondit Kobe : Seigneur Dieu, qu'avez-vous donc, baes ?

– Je demande, vaurien, si c'est toi qui viens de parler ?

– Ne l'avez-vous pas bien entendu, baes ?

Gansendonck exaspéré lui arracha la fourche des mains et allait l'en frapper ; mais lorsque le domestique s'aperçut que l'affaire était sérieuse, il bondit en arrière, et levant les mains au ciel, il s'écria :

– Ô Seigneur, voilà que notre baes devient tout à fait fou !

– Blaeskaek ! blaeskaek ! cria de nouveau une voix derrière Pierre Gansendonck.

Il aperçut alors une pie dans les branches du hêtre et entendit l'oiseau railleur répéter son injurieuse apostrophe :

– Kobe, Kobe, cria-t-il, cours chercher mon fusil de chasse. C'est la pie du forgeron : il faut qu'elle meure, la coquine de bête !

Mais la pie s'élança de l'arbre, et prit son vol vers la maison.

Le domestique fut pris d'un rire convulsif si violent, qu'il tomba sur le gazon, où il se roula pendant quelques instants.

– Finis ! hurlait le baes, ou je te chasse ! Finis de rire, te dis-je.

– Je ne puis, baes !

– Lève-toi !

– Oui, baes !

– J'oublierai ton impertinence à une condition : il faut que tu empoisonnes la pie du forgeron.

– Avec quoi, baes ?

– Avec du poison.

– Oui, baes, si elle veut le manger.

– Alors tue-la avec un fusil.

– Oui, baes.

– Allons, partons... Mais que vois-je là-bas dans ma sapinière ? Soyez donc propriétaire pour être pillé par un chacun !

À ces mots il courut vers la sapinière, suivi par le domestique, et tout en tempêtant.

Il avait aperçu de loin une pauvre femme et deux enfants occupés à briser les branches mortes des sapins et à réunir ces branches en un gros fagot. Bien qu'une très ancienne coutume permette aux pauvres gens de ramasser le bois sec dans les sapinières, baes Gansendonck ne pouvait souffrir qu'il en fût ainsi. Le bois sec était sa propriété tout aussi bien que le bois vert, et nul ne devait toucher à sa propriété. Ajoutez à cela que c'était une femme, et qu'il n'avait à craindre ni résistance ni moquerie. Cela lui donna du courage et lui permit de lâcher la bride à sa colère.

Il saisit la pauvre mère par les épaules en s'écriant :

– Impudents voleurs ! Allons, marchez au village avec moi ! dans les mains des gendarmes ! En prison, fainéants vauriens !

La femme tremblante laissa tomber le bois qu'elle avait ramassé, et fut tellement épouvantée par ces terribles menaces, qu'elle se mit à pleurer sans prononcer une parole. Les deux enfants se cramponnèrent aux vêtements de leur mère et remplirent le bois de cris désespérés.

Kobe hochait la tête avec dépit : l'expression d'indifférence habituelle à sa physionomie avait disparu ; on eût dit qu'un sentiment de pitié s'était emparé de lui.

– Ici, coquin ! lui cria le baes ; donne-moi un coup de main pour conduire ces brigands aux gendarmes !

– Cher homme, je ne le ferai plus jamais ! dit la femme d'une voix suppliante. Voyez mes pauvres petits agneaux d'enfants ; ils se meurent de peur !

– Tais-toi, vagabonde, s'écria le baes ; je te déshabituerai bien de marauder et de voler !

Le domestique prit la femme par le bras avec une feinte colère et la secoua vivement ; mais en même temps il murmura à voix basse à son oreille :

– Tombez à genoux et dites Monsieur.

La femme se précipita à genoux devant baes Gansendonck, tendit les mains vers lui et dit d'un ton de prière :

– Oh ! monsieur, monsieur, grâce, s'il vous plaît, monsieur ! Oh ! pour mes pauvres petits enfants, grâce, mon cher monsieur !

Le baes parut touché par un mobile secret. Il lâcha la femme, la regarda d'un air rêveur, le visage radouci et bienveillant ; cependant il ne la fit pas se relever.

Quelqu'un agenouillé devant lui ! les mains tendues vers le ciel ! et demandant grâce ! c'était royal !

Après avoir savouré quelques instants ce suprême bonheur, il releva lui-même la pauvre femme, essuya une larme d'attendrissement qui perlait dans ses yeux et reprit :

– Pauvre mère, j'ai été un peu vif, mais c'est fini. Reprenez votre fagot ; vous êtes une brave femme. Désormais vous pouvez casser le bois mort dans toutes mes propriétés, et quand même il s'y trouverait un peu de vert, je ne dirais rien. Rassurez-vous, je vous pardonne entièrement.

La femme contemplait avec étonnement les deux singuliers personnages qui étaient devant elle, le baes avec son air de protection, le domestique se mordant les lèvres et faisant de visibles efforts pour ne pas rire.

– Oui, petite mère, répéta le baes, vous pouvez ramasser les branches mortes dans tous mes bois. Ce disant ; il montrait de la main tous les alentours comme si la contrée entière lui eût appartenu.

La pauvre femme fit quelques pas en arrière pour reprendre son fagot, et le remercia ainsi d'une voix émue par la reconnaissance :

– Dieu vous bénisse pour votre bonté, monsieur le baron !

Un frisson parcourut les membres de baes Gansendonck, et son visage fut comme illuminé d'un rayonnement de bonheur.

– Femme ! femme ! approchez-vous un peu ! s'écria-t-il. Qu'avez-vous dit là ? Je n'ai pas compris.

– Soyez mille fois remercié, monsieur le baron ! répondit la ramasseuse de bois.

Baes Gansendonck mit la main à la poche, et en retira une pièce d'argent qu'il présenta à la femme en lui disant les larmes aux yeux :

– Tenez, petite mère, réjouissez-vous un peu aussi ; et quand ce sera l'hiver, venez tous les samedi là-bas au Saint-Sébastien ; on vous y donnera du bois et du pain à foison. Retournez chez vous maintenant.

En disant ces mots, il quitta la femme, et sortit précipitamment du bois. Il pleurait tellement que des larmes abondantes coulaient sur ses joues. Le domestique, remarquant cela, s'essuya aussi les yeux avec la manche de sa veste.

– C'est surprenant, dit enfin le baes en soupirant, que je ne puisse voir souffrir personne sans que mon cœur déborde.

– Moi non plus, baes.

– L'as-tu entendu, Kobe ? cette femme m'a pris aussi pour monsieur le baron.

– Elle a raison, baes.

– Tais-toi maintenant, Kobe ; nous allons regagner tout doucement la maison.

– Oui, baes.

Kobe se mit à suivre avec la plus grande soumission l'empreinte des pas de son maître. Tous deux marchaient rêveurs : le baes pensait au beau nom que la pauvre femme lui avait donné ; le domestique songeait au lièvre à la sauce au vin qui l'attendait à la maison.

Depuis quelques instants, trois chasseurs avaient débouché de derrière une haie de chênes et contemplaient, en riant et en plaisantant, baes Gansendonck et son domestique. C'étaient trois jeunes messieurs en élégant costume de chasse, le fusil sous le bras.

L'un d'eux semblait connaître particulièrement bien le baes du Saint-Sébastien. Il expliquait à ses compagnons par quel singulier démon d'orgueil et de suffisance le brave homme était possédé, et leur faisait un grand éloge de Lisa, sa fille.

– Allons, allons, s'écria-t-il enfin, nous sommes las : amusons-nous un peu. Suivez-moi, nous accompagnerons le baes au Saint-Sébastien, et nous y viderons une bouteille. Mais ayez soin de lui parler avec respect et de faire force compliments. Plus fou ce sera, mieux cela vaudra.

Ce disant, il sauta avec ses compagnons au delà du fossé desséché, et courut vers le baes. Il s'inclina profondément devant celui-ci et le salua avec mille politesses.

Pierre Gansendonck prit des deux mains son bonnet fourré et s'efforça de répéter vis-à-vis du jeune homme ce que celui-ci avait fait vis-à-vis de lui. Les deux autres chasseurs, au lieu de prendre part à ces cérémonies, se cachaient derrière le domestique et faisaient d'incroyables efforts pour ne pas éclater de rire.

– Eh bien ! monsieur Adolphe, mon ami, dit le baes, comment va votre papa ? Toujours gros et gras ? Il ne vient plus nous rendre visite depuis qu'il demeure en ville. Mais loin des yeux, loin du cœur, dit le proverbe.

Adolphe prit par la main un de ses amis rieurs et l'attira de force devant le baes :

– Monsieur Gansendonck, dit-il avec solennité, j'ai l'honneur de vous présenter le jeune baron Victor Van Bruinkasteel ; mais veuillez excuser son infirmité ; c'est un mal nerveux qui lui est resté à la suite de convulsions : il ne peut regarder personne sans éclater de rire.

Victor ne put se contenir, il rejeta la tête en arrière, trépigna, et devint violet et bleu à force de rire.

– Tu vas gâter l'affaire, lui dit Adolphe à l'oreille. Finis, ou il va s'apercevoir de quelque chose.

– Faites à votre aise, monsieur Van Bruinkasteel, dit le baes ; ce n'est pas à rire qu'on gagne, des cors aux pieds.

Adolphe prit la main de son ami et répéta la présentation.

– Monsieur Van Bruinkasteel n'a pas l'honneur de me connaître ? dit le

Baes en s'inclinant.

– En effet, répondit Victor, j'ai l'honneur de vous être inconnu.

– L'honneur n'est pas grand, monsieur, répondit le baes en s'inclinant de nouveau. Monsieur vient sans doute passer la saison de la chasse au château avec notre ami Adolphe.

– Pour vous servir, monsieur Gansendonck.

– Son père nous a acheté le pavillon de chasse, dit Adolphe ; monsieur Van Bruinkasteel sera, chaque hiver, votre voisin, et viendra probablement vous rendre visite souvent, monsieur Gansendonck.

– Mais, Adolphe, mon ami, pourquoi cet autre jeune monsieur demeure-t-il là derrière Kobe ? Aurait-il peur de moi ?

– Il est timide, monsieur Gansendonck ; que peut-on faire à cela ? C'est l'effet de sa grande jeunesse… Mais, monsieur Gansendonck, vous avez une chasse réservée à ce que je vois : vous êtes donc chasseur aussi ?

– Je suis grand amateur, n'est-ce pas, Kobe ?

– Oui, baes, de lièvres. – Moi aussi… Pourvu qu'on ne le laisse pas brûler ! ajouta-i-il à part lui.

– Que grommelles-tu là ? s'écria le baes d'une voix courroucée pour montrer à ces messieurs qu'il avait la haute main sur ses domestiques. Que grommelles-tu là, malotru ?

– Je demande si vous ne croyez pas qu'il soit temps de retourner à la maison, baes. Et je me disais en moi-même : pécher et chasser donnent faim à l'estomac.

– Quand un porc rêve c'est de drêche ! Tais-toi.

– Oui, baes, se taire et penser ne font tort à personne.

– Pas un mot de plus, te dis-je.

– Non, baes.

– Ces messieurs me feront-ils l'honneur de venir prendre chez moi un verre de vin du matin ? demanda Pierre Gansendonck.

– C'est là précisément ce que nous avions l'intention d'aller vous demander.

– Bien, venez donc ; vous me direz ce que vous pensez de ce petit vin-là. N'est-il pas vrai, Kobe, tu l'as goûté une fois au moins, toi ? Si vous ne vous en léchez pas les doigts, messieurs, dites que je suis un paysan.

– C'est vrai, baes ! répondit le domestique.

Le baes se mit en route d'un pas majestueux en causant amicalement avec Adolphe, tandis que les deux amis de celui-ci se tenaient en arrière pour pouvoir donner libre cours à leur gaîté. Kobe jetait sur cette scène des regards sournois, et lui-même eût ri aussi, si le lièvre ne lui eût tellement trotté en tête qu'il en avait des crampes d'estomac.

La société s'avança lentement vers le Saint-Sébastien.

IV

C'était une magnifique matinée. Le soleil apparaissait à l'horizon comme un ardent disque d'or duquel rayonnaient des faisceaux de lumière dans le ciel entier. Cette étincelante lumière traversait en se jouant les vitres du Saint-Sébastien et tombait comme une teinte rosée sur le front d'albâtre d'une jeune fille.

Lisa Gansendonck était assise près de la fenêtre devant une table. Elle songeait, car ses longs cils noirs étaient baissés et un calme sourire voltigeait sur sa bouche, tandis que, par intervalles, une légère rougeur venait colorer ses joues pâles et attester l'émotion qui agitait son cœur. Alors elle se redressait soudain sur sa chaise, une flamme plus vive brillait dans ses yeux, et son sourire s'accentuait davantage comme si elle eût été en proie à un sentiment de bonheur.

Elle prit un journal français d'Anvers qui était déployé devant elle, mais, après en avoir lu quelques lignes, elle retomba immobile dans sa première attitude.

Qu'elle était ravissante ainsi, posée comme une de ces charmantes créations qui n'appartiennent qu'au monde des rêves, au milieu du plus profond silence, éclairée par les chauds rayons du matin, pâle et délicate, jeune et pure comme une rose blanche à demi fermée et dont le cœur doit s'ouvrir à la prochaine aurore.

Des accents vagues et incertains, comme la mourante plainte d'une harpe lointaine, tombèrent de ses lèvres. Elle disait en soupirant :

– Oh ! l'on doit être heureuse à la ville ! Un bal pareil ! Toutes ces riches toilettes, ces diamants, ces fleurs dans les cheveux, ces robes si riches que leur valeur suffirait à acheter la moitié d'un village ; tout resplendit d'or et de lumière ! Et avec cela l'urbanité, le beau langage… Oh ! si je pouvais voir cela, ne fût-ce qu'à travers la fenêtre.

Après une longue songerie la séduisante idée d'un bal à la ville parut l'abandonner. Elle s'éloigna de la table et alla se placer devant une glace dans laquelle elle contempla attentivement son image, corrigeant çà et là un pli, et passant la main sur sa tête pour donner plus de lustre à ses beaux cheveux noirs.

Toutefois elle était très-simplement mise ; et l'on n'eût assurément pas pu reprendre grand'chose à sa toilette, si l'odeur de l'étable, les murs enfumés de l'auberge et les pots d'étain du dressoir n'eussent crié de toutes parts que mademoiselle Lisa n'était pas à sa place.

Du reste, sa robe de soie noire tout unie n'avait qu'un seul volant ; elle portait un fichu rose qui s'harmonisait d'une façon charmante avec la douce pâleur de son visage. Elle était coiffée en cheveux, mais en simples bandeaux plats, rattachés en couronne derrière la tête.

Après s'être arrêtée quelques instants devant la glace, elle revint à la table et se mit à broder un col, mais sans y prêter grande attention ; ses regards errants témoignaient assez que sa pensée indécise était loin de son travail. Bientôt, toujours songeuse, elle dit d'une voix presque inintelligible :

– La chasse est ouverte ; les messieurs de la ville vont revenir. Je dois être affable envers eux, dit mon père. Il m'emmènera avec lui en ville pour m'acheter un chapeau de satin. Je ne dois pas demeurer assise et les yeux baissés ; il me faut sourire et regarder les messieurs en face quand ils m'adressent la parole ? Quelles sont les intentions de mon père ? Il dit que je ne sais pas à quoi cela peut être bon… Mais Karel ! Il semble mécontent quand je change trop souvent de toilette ; il souffre quand des étrangers me parlent trop longtemps. Que faire ? Mon père le veut. Je ne puis cependant pas être malhonnête envers les gens ! Mais je ne veux pas non plus faire de chagrin à Karel…

La voix de son père se fit entendre devant la porte ; elle le vit s'incliner et faire des gestes de politesse à trois jeunes gens en habit de chasse. Une vive rougeur couvrit son front. Était-ce désir ou timidité ? Elle passa encore une fois la main sur ses bandeaux noirs et demeura assise comme si elle n'eût rien entendu.

Baes Gansendonck entra avec sa société et s'écria avec joie :

– Voyez, messieurs, voici ma fille. Que dites-vous d'une pareille fleur ? Elle est instruite, elle sait le français, messieurs ; il y a autant de différence entre ma Lisa et une paysanne qu'entre une vache et une brouette.

Le domestique éclata de rire :

– Rustre ! s'écria baes Gansendonck en colère, qu'as-tu là à rire si bêtement ? Va-t'en !

– Oui, baes !

Kobe alla s'asseoir dans le coin du foyer et se mit à humer voluptueusement le parfum du lièvre qui, de l'arrière-cuisine, venait jusqu'à lui en odorantes bouffées. L'œil fixé sur le feu, et la physionomie indifférente en apparence, il écoutait pourtant ce qui se disait autour de lui.

Tandis que Lisa s'était levée et échangeait en français quelques compliments avec les jeunes chasseurs, baes Gansendonck était descendu à la cave. Il en revint bientôt avec des verres et une bouteille qu'il posa sur la table devant sa fille.

– Asseyez-vous, asseyez-vous, messieurs, dit-il nous allons trinquer avec Lisa ; elle vous fera bien raison. Ah ! c'est en français ? C'est étonnant que j'aime tant à entendre le français ; je resterais une journée entière à écouter ; cela me fait toujours l'effet d'une chanson !

Il prit Victor par le bras et le força de s'asseoir à côté de Lisa :

– Pas tant de compliments, monsieur Van Bruinkasteel, s'écria-t-il ; faites comme si vous étiez chez vous.

La physionomie si belle et si douce de Lisa avait, au premier abord, inspiré une sorte de respect à deux des jeunes chasseurs ; ils étaient assis de l'autre côté de la table, et contemplaient silencieusement la naïve jeune fille qui s'efforçait visiblement de paraître polie, mais dont la pudeur effarouchée enflammait le front d'une ardente rougeur.

Victor Van Bruinkasteel n'était pas aussi retenu ; il se mit hardiment à prodiguer des louanges à la jeune fille sur sa beauté, sur sa broderie, sur sa façon de parler le français ; il sut flatter avec tant de grâce et d'habileté, sans sortir le moins du monde des convenances, que Lisa rêveuse écoutait sa voix comme elle eût écouté un chant harmonieux.

Baes Gansendonck, qui à chaque mot sentait l'espérance descendre dans son cœur, et qui nourrissait une certaine prédilection pour monsieur Victor, se frottait les mains en riant, et se disait à part lui :

– Personne ne sait, quand le sou est jeté, sur quelle face il tombera, et tout est possible excepté qu'il reste en l'air. Cela ferait un joli petit couple ! – Allons, messieurs, buvez encore un coup. À votre santé, monsieur Van Bruinkasteel ! Continuez de parler français, je vous prie ; ne faites pas attention à moi ; je vois dans vos yeux ce que vous voulez dire.

Les jeunes chasseurs paraissaient s'amuser extrêmement. À la vérité, Lisa ne parlait pas bien le français ; mais toutes les paroles qui sortaient de sa bouche avaient une si ravissante ingénuité, la pudique rougeur qui colorait son front était si charmante, tout en elle avait tant de fraîcheur et d'attrait, que le son seul de sa voix suffisait pour éveiller dans le cœur de douces émotions.

Victor, petit maître expert comme il l'était, eut bientôt trouvé le côté faible du virginal caractère de Lisa. Il lui parla nouvelles modes, belles toilettes, vie de la ville, décrivit avec de splendides couleurs les bals et les fêtes, et sut si bien captiver l'attention de la pauvre fille que celle-ci savait à peine où elle en était.

Peu à peu Victor s'enhardit tellement qu'il alla, tout en causant, jusqu'à prendre, comme par mégarde, la main de Lisa.

Alors seulement la jeune fille parut se réveiller ; toute tremblante elle retira sa main, recula sa chaise, et interrogea d'un regard attristé les yeux de son père. Mais celui-ci, comme égaré par la joie, lui jeta un coup d'œil de reproche et lui fit signe de la tête de rester assise où elle était.

Le mouvement de répulsion de Lisa surprit Victor ; il détourna la tête pour dissimuler son embarras. Il vit le domestique, debout au coin du foyer, fixant sur lui un regard menaçant qui se mariait à un sardonique sourire.

Il se tourna avec colère vers le baes et demanda :

– Qu'a donc à dire ce maraud pour qu'il ose me regarder si insolemment et se railler de moi ?

– Lui, quelque chose à dire ? vociféra le baes ; vous allez voir ! Kobe !

– Qu'y a-t-il, baes ?

– As-tu regardé insolemment monsieur Van Bruinkasteel ? Oses-tu te moquer de lui, ver de terre ?

– Je ris comme un chien dont on a frotté le museau avec de la moutarde ; je me suis brûlé la main, baes.

– Fi ! tu es encore trop stupide pour danser devant le diable ! Dehors !

– Oui, baes.

Le domestique quitta la chambre à pas traînants et en ôtant son bonnet aussi gauchement qu'un niais.

Un instant après, l'effet de l'audace de Victor était déjà oublié ; les jeunes gens causaient de nouveau galamment en français avec Lisa, et le baes les engageait à venir rendre visite à sa fille ; il y aurait toujours une bouteille de son meilleur vin préparée pour eux. Lisa reprenait goût à l'étourdi bavardage de Victor, et se disait aussi en elle-même qu'un aussi beau langage valait mille fois mieux que la conversation vulgaire et commune des paysans qu'elle entendait tous les jours.

Un jeune homme ouvrit la porte de derrière et entra dans la chambre suivi du domestique.

– Un verre de bière, Kobe, et tirez-en un pour vous aussi, dit-il.

Ce vigoureux jeune homme portait une blouse de fine toile bleue, une cravate de soie et une casquette de peau de loutre. Son beau et régulier visage était bruni par le soleil ; ses larges mains attestaient un travail journalier, tandis que ses grands yeux bleus pleins de feu et de vie, faisaient penser qu'il n'était pas moins bien doué du côté de l'esprit et du cœur que du côté du corps.

À son entrée Lisa se leva et lui souhaita la bienvenue par un sourire si amical et si familier que deux des jeunes chasseurs le regardèrent avec étonnement. Adolphe, le troisième chasseur, le connaissait déjà depuis longtemps.

Le baes murmura quelques paroles d'un ton bourru et fit une mine rébarbative, comme si la présence de Karel le brasseur lui eût été éminemment à charge ; il frappa même impatiemment du pied et ne cacha pas son dépit.

Le jeune homme ne semblait guère prendre garde à tout cela ; ses yeux fixés sur Lisa paraissaient lui faire une demande. La jeune fille lui adressa un sourire plus doux et plus expressif encore que le premier ; alors seulement une expression de contentement apparut aussi sur le visage de Karel.

– Père, dit Lisa.

– Encore ce mot de paysan ! s'écria le baes.

– Papa, dit Lisa en se reprenant, papa, Karel ne prend-il pas un verre avec nous ?

– Soit, qu'il prenne un verre dans l'armoire ! répondit brusquement le baes.

– Je vous remercie, baes Gansendonck, dit Karel avec un sourire incisif ; le vin ne me plaît pas le matin.

– Non, buvez plutôt de la bière, jeune homme ; cela vous donnera une forte tête ! dit le baes avec un rire moqueur et de l'air d'un homme qui croit avoir dit une chose spirituelle.

Karel était habitué au langage grossier de Gansendonck ; il laissa passer cette sortie comme les autres ; il se préparait à s'asseoir vis-à-vis du domestique à l'autre coin de l'âtre, mais Lisa l'appela auprès d'elle et lui dit :

– Karel, voici une chaise ; asseyez-vous-y et causez un peu avec nous.

Baes Gansendonck regarda sa fille d'un air irrité, et se mordit les lèvres d'impatience. Karel n'en obéit pas moins à l'amicale invitation de Lisa, bien qu'il remarquât la pantomime insultante du père.

– Vous aurez bonne chasse cette année, messieurs, dit-il en flamand en s'asseyant auprès d'Adolphe ; les lièvres et les perdreaux fourmillent.

– En effet, je le crois aussi, répondit Adolphe ; pourtant ce matin nous n'avons pas eu la chance de rien tirer ; les chiens n'ont pas de nez.

– Je me doutais bien, s'écria le baes d'un ton railleur, qu'il viendrait encore fourrer des bâtons dans les roues ! Avec son éternel flamand ! Maintenant vous n'entendrez plus un mot qui ne parle chiens, vaches, chevaux et patates. Laissez-le bavarder, monsieur Van Bruinkasteel et parlez français avec notre Lisa ; j'entends cette langue avec tant de plaisir que je ne saurais trouver d'expression pour vous le dire.

Karel se mit à rire en haussant les épaules et regarda hardiment Victor en face. Ce dernier semblait avoir perdu toute son éloquence, et ne se montrait nullement disposé à poursuivre, en présence de Karel, son galant entretien avec Lisa.

Il y eut un instant de silence contraint. Le baes remarqua avec une sorte de désespoir que M. Van Bruinkasteel commençait à s'ennuyer ; jetant alors un regard de reproche à Karel :

– Monsieur Victor, dit-il, ne prenez pas garde à lui ; c'est notre brasseur et un ami de la maison. Mais il n'a rien à dire ici, quoiqu'il s'imagine avoir tiré le numéro un. Continuez, monsieur Van Bruinkasteel ; j'entends que ma fille soit aimable pour vous, et qu'elle sourie quand vous lui parlez. Si le brasseur veut faire mauvaise mine, il peut aller la faire dehors.

Encouragé par ces paroles et voulant peut-être vexer le jeune brasseur, Victor se pencha vers Lisa et tout en lui parlant, lui lança une de ces œillades que l'on se permet dans la haute société vis-à-vis d'une femme de la vertu de laquelle on n'a pas haute idée.

Karel pâlit, se mit à trembler, ses dents se serrèrent convulsivement ; mais il comprima aussitôt ces témoignages de souffrance et de colère. Néanmoins chacun s'en était aperçu. Victor en était tout ému, non qu'il eût ressenti quelque crainte, mais il avait été assez vivement impressionné pour n'avoir plus envie de rire et de badiner. Cet incident accrut l'irritation du baes, qui frappait du pied en grondant sourdement. Lisa, qui croyait que les dures paroles de son père avaient seules blessé le jeune homme, baissait les yeux et semblait prête à pleurer. Karel était assis immobile sur sa chaise, encore un peu pâle et tremblant, mais la physionomie remise.

Soudain Victor se leva, prit son fusil et dit à ses compagnons :

– Allons, faisons encore un tour de chasse. Mademoiselle Lisa voudra bien me pardonner, si sans le savoir, j'ai pu dire quelque chose qui ne lui fût pas agréable.

– Qu'est-ce ? qu'est-ce ? s'écria le baes, tout ce que vous avez dit était parfait et accompli. Et j'espère bien que ce n'est pas la dernière fois qu'elle vous verra et vous entendra.

– Mademoiselle Lisa pense peut-être autrement, bien que mon intention ait été de lui témoigner du respect et de l'amitié.

Voyant que sa fille ne répondait pas, le baes entra en colère contre elle :

– Çà, que signifie cette sotte conduite de paysanne ? Lisa, Lisa, pourquoi rester là comme une innocente ! Réponds, et vite !

Lisa se leva et dit en flamand d'un ton froid et poli :

– Monsieur Van Bruinkasteel, ne prenez pas en mal qu'une chose autre que vos paroles m'ait rendue interdite. Tout ce que vous avez eu la bonté de me dire m'a été fort agréable, et si vous nous faites encore l'honneur de venir chez nous, vous y serez chaque fois le bienvenu.

– C'est cela ! c'est cela ! s'écria le baes en frappant des mains. Ah ! monsieur Van Bruinkasteel, c'est une perle de fille ! Vous ne la connaissez pas encore ! Elle sait chanter comme un rossignol ! Voulez-vous vous asseoir encore un peu ? Je vais chercher une autre bouteille ?

– Non, il nous faut partir, autrement la journée entière se passera. Merci de votre amicale réception.

– Je vais faire avec vous un bout de chemin si ces messieurs le permettent, dit le baes ; j'ai encore là-bas, près de la route, un petit bois que je vais voir ; le pied du maître rend la terre meilleure, dit le proverbe.

Les jeunes messieurs déclarèrent tous que la société de M. Gansendonck leur serait très-agréable, et sortirent de l'auberge avec lui, avec force formules de politesse. Le domestique suivit son maître.

Dès que les deux jeunes gens furent seuls, Lisa dit d'une voix douce :

– Karel, il ne faut pas vous attrister de ce que mon père vous parle un peu rudement ; vous savez bien qu'il ne pense pas comme il parle :

Le jeune homme secoua la tête et répondit :

– Ce n'est pas cela, Lisa, qui me fait peine.

– Qu'est-ce donc ? demanda la jeune fille avec surprise.

– Je puis difficilement vous l'expliquer, Lisa. Votre âme naïve et pure ne me comprendrait pas. Taisons-nous plutôt sur ce point.

– Non, il faut me le dire.

– Eh bien ! je n'aime pas que les jeunes écervelés de la ville viennent étaler devant vous leurs fades compliments. Il s'y glisse si facilement des choses inconvenantes ; et en tout cas, ces belles manières françaises et ces galantes œillades me prouvent qu'ils ne s'approchent pas de vous avec le respect que mérite une femme.

Une sorte d'impatience mêlée de tristesse se peignit sur les traits de la jeune fille.

– Vous êtes injuste, Karel, dit-elle d'un ton de reproche ; ces messieurs ne m'ont rien dit qui fût inconvenant. Au contraire, en les écoutant, j'apprends comment il faut se tenir et parler pour ne pas passer pour une paysanne.

Karel baissa silencieusement la tête, et un douloureux soupir s'échappa de sa poitrine.

– Oui, je le sais, poursuivit Lisa, que vous détester les gens et les façons de la ville ; mais, quoi que vous pensiez là-dessus, il est impossible que je me montre impolie. Vous avez bien tort, Karel, de vouloir me forcer à haïr des gens qui méritent plus d'estime que les autres.

La jeune fille avait prononcé ces mots avec une certaine amertume. Karel, assis vis-à-vis d'elle et toujours silencieux, la regarda fixement et avec une étrange expression. Elle sentit qu'il était en proie à une vive douleur, bien qu'elle ne pût comprendre comment ses paroles à elle lui causaient une si profonde tristesse. Elle prit la main de son ami, la pressa d'une sympathique étreinte et reprit :

– Mais, Karel, je ne vous comprends pas ! Que voulez-vous donc que je fasse ? Si vous étiez à ma place comment vous comporteriez-vous quand des messieurs étrangers viendraient vous adresser la parole ?

– C'est une affaire de sentiment, Lisa, répondit le jeune homme en hochant la tête ; je ne sais moi-même que vous conseiller ; mais, par exemple, quand ce seraient de beaux faiseurs de compliments comme ceux-ci, je leur répondrais bien avec politesse, mais sans souffrir qu'ils vinssent s'asseoir en cercle autour de moi et me remplir les oreilles de vaines paroles.

– Et mon père qui m'y contraint ! s'écria Lisa tout émue.

– On trouve cent raisons pour se lever quand on ne tient pas à rester assise.

– Ainsi à vos yeux j'ai mal agi ! dit en sanglotant la jeune fille, des yeux de laquelle jaillirent soudain des larmes. Je ne me suis pas bien comportée !

Le jeune homme rapprocha sa chaise de Lisa et reprit d'une voix suppliante :

– Lisa, pardonnez-moi ! Vous aussi, vous devez être un peu indulgente pour moi ; ce n'est pas ma faute si je vous aime tant. Le cœur est maître chez moi ; je ne puis le contenir. Vous êtes belle et pure comme un lis ; je tremble à la pensée qu'un mot équivoque, un souffle impur peut vous toucher ; je vous aime avec un respect, avec une vénération pleine d'anxiété ; est-il donc surprenant que les langoureuses œillades de ces jeunes freluquets me fassent frémir ? Ô Lisa, vous croyez que ce sentiment est blâmable. Peut-être en est-il ainsi, en effet ; mais, mon amie, si vous pouviez savoir quelle peine déchire mon cœur, quel chagrin cela me donne, vous prendriez en pitié l'excès de mon amour ; vous me pardonneriez mes idées noires, et vous me consoleriez dans ma tristesse.

Ces paroles dites d'un ton calme et tendre émurent profondément la jeune fille. Elle répondit avec douceur au milieu de ses larmes :

– Ah ! Karel, je ne sais quelles idées vous avez ; mais, quoi qu'il en soit, puisque ce qui vient de se passer vous chagrine, cela n'arrivera plus. Si désormais il vient encore des messieurs je me lèverai et j'irai dans une autre chambre !

– Non, non, Lisa, ce n'est pas là ce que je désire, dit avec un soupir Karel à demi honteux du résultat de ses observations. Soyez polie et affable envers chacun comme cela convient, même avec les messieurs qui étaient ici tout à l'heure. Vous ne me comprenez pas, ma chère amie. Faites comme auparavant ; mais souvenez-vous que certaines choses m'affligent ; n'oubliez pas, dans ces cas-là, que votre père se trompe parfois, et prenez le sentiment de votre propre dignité comme mesure de ce que vous avez à faire. Je sais combien votre cœur est pur, Lisa ; peu m'importe qui vient au Saint-Sébastien ; mais je veux que l'on vous respecte : le moindre oubli, l'ombre seule d'un manque d'égards vis-à-vis de vous me perce cruellement le cœur !

– Mais, Karel, vous avez entendu que monsieur Adolphe et ses amis doivent revenir souvent ici. Il faudra bien que je leur parle et leur réponde si je reste en leur présence. En serez-vous chaque fois affligé ?

Karel rougit ; il se reprochait dans son for intérieur les observations qu'il s'était permises, et admirait la naïve bonté de sa bien-aimée. Il lui prit la main et dit avec un doux sourire :

– Lisa, je suis un insensé. Voulez-vous me faire un plaisir ?

– Sans doute, Karel.

– Oui, mais sérieusement, en toute franchise. Oubliez ce caprice de ma part. Vraiment, cela me peinerait maintenant si je vous voyais changer de conduite. Aussi bien, pourquoi le demanderais-je, puisque votre père est le maître et vous forcerait d'agir selon sa volonté ?

– À la bonne heure, Karel, vous êtes raisonnable maintenant, dit la jeune fille ; je ne puis être autrement que polie, n'est-il pas vrai ? Mon père est le maître. D'un autre côté vous avez tort aussi ; monsieur Van Bruinkasteel m'a parlé longtemps ; tout ce qu'il m'a dit était très-convenable, et je me plais à reconnaître que je l'ai écouté avec plaisir.

Karel sentit une nouvelle oppression peser sur son cœur ; mais il comprima ce sentiment renaissant et reprit d'une voix suppliante :

– Oublions ce qui s'est passé, mon amie. J'ai une bonne nouvelle à vous annoncer. Ma mère a enfin donné son consentement ; nous allons agrandir beaucoup notre maison ; dès lundi les ouvriers se mettront à creuser les fondations. Il y aura une belle chambre pour vous seule, avec une cheminée de marbre et une jolie tapisserie. Nous aurons une demeure avec une entrée particulière et une remise où il y aura un cabriolet pour vous. Ainsi, chère Lisa, vous ne devrez ni traverser la brasserie ni vous asseoir au foyer commun ; vous mènerez une vie calme et heureuse, et vous aurez tout ce que votre cœur peut désirer. Cela ne vous réjouit-il pas, mon amie ?

– Vous êtes trop bon, Karel, répondit la jeune fille, je vous suis reconnaissante de tant d'affection et d'amitié ; mais je crois que mon père vous parlera de quelque chose de mieux. Vraisemblablement cela vous plaira aussi ; il aimerait bien que nous louassions le petit pavillon inhabité qui se trouve derrière le château. Il me semble que cette idée n'est pas si mauvaise. De cette manière nous ne serions plus au milieu des paysans et peu à peu nous pourrions faire connaissance avec des gens comme il faut.

– Mais, Lisa, dit le jeune homme en l'interrompant avec impatience, comment est-il possible que vous songiez à cela ? Je serais forcé de quitter ma mère ! Elle est veuve et n'a au monde que moi seul ! Et, sans cette considération, je ne ferais même pas ce que vous dites ; j'ai travaillé depuis mon enfance, je dois continuer à travailler pour ma propre satisfaction, pour ma santé, et pour assurer le bien-être de ma mère… pour vous-même, Lisa, pour embellir votre vie de tous les plaisirs, et pour avoir la conviction que le fruit de mon travail contribue à votre bonheur.

– Oh ! cela n'est certes pas nécessaire, dit Lisa en soupirant ; nos parents possèdent assez d'argent et de propriétés.

– Et puis, Lisa, réfléchissez que nous sommes aujourd'hui parmi les premiers de notre rang. Votre père est un des principaux propriétaires de notre commune ; notre brasserie n'est en arrière sur aucune autre. Irai-je consentir à devenir un nouveau riche, me mettre dans la nécessité de mendier l'amitié de gens orgueilleux, et me faire détester par mes anciens compagnons comme un homme qui, par fierté, veut jouer au monsieur ? Non, Lisa ; cela pourrait flatter l'amour-propre de certaines personnes ; moi, cela m'humilierait et me ferait dépérir. Mieux vaut être estimé et aimé parmi les paysans que d'être mal vu et dédaigné parmi les seigneurs !

Lisa allait répondre à la sortie passionnée de Karel, mais le domestique ouvrit la porte, et s'approchant précipitamment du jeune homme lui dit et très-vite :

– Karel, tiendriez-vous à vous disputer une heure ou deux avec notre baes ? Non ? Sauvez-vous bien vite alors, car il est furieux contre vous. Vous devez lui avoir vilainement marché sur le pied. SI vous ne partez pas, la maison sera sens dessus dessous.

– Ah ! Karel, dit Lisa avec un soupir et en pressant la main du jeune homme, partez, jusqu'à ce que la colère de mon père soit passée. Cette après-dînée il n'y songera plus.

Le jeune brasseur secoua la tête, salua sa fiancée d'un regard attristé, et se hâta de franchir la porte de derrière de l'auberge.

Le domestique le suivit, et lui dit tout en marchant :

– Ne craignez rien, Karel, j'aurai l'œil au guet et vous préviendrai quand le chariot sortira par trop de l'ornière. Il y a quelque chose de dérangé chez notre baes. Mais soyez tranquille cependant, la lubie se passera. Le coq tourne aussi comme un fou là-haut sur le clocher, et cependant il annonce parfois le beau temps.

V

Deux mois s'étaient écoulés.

Un matin, de bonne heure, trois ou quatre jeunes paysans se trouvaient à la forge, causant de mille choses. Sus tenait d'une main un fer dans le feu, et tirait de l'autre un soufflet, en sifflant l'air traînant d'une chansonnette :

– Ah çà ! qui a appris la nouvelle ? s'écria un des jeunes gens ; Lisa Gansendonck va épouser un baron !

– Ah ! ah ! dit le forgeron en riant, l'année prochaine, Pâques tombe un vendredi ! Allez, allez vendre vos nouvelles sur un autre marché !

– Oui, oui, elle va se marier avec ce jeune monsieur qui depuis six ou sept semaines ne sort plus du Saint-Sébastien.

– Si cela réussit, le bœuf vêlera ! s'écria Sus.

– Vous ne le croyez pas ? Le blaeskaek lui-même l'a dit au notaire.

– Alors je le crois beaucoup moins encore.

– Savez-vous ce que je pense ? Baes Gansendonck est occupé à se brasser lui-même de la bière bien amère. Il court toutes sortes de bruits singuliers sur le compte de mademoiselle Lisa. Les gens parlent d'elle comme les juifs du lard.

– Le blaeskaek n'aura que ce qu'il mérite, et cette coquette poupée à la mode aussi. Celui qui joue avec le chat attrape des coups de griffes, dit le proverbe.

– Et le malheureux Karel qui est assez sot pour s'en faire du chagrin. Je la laisserais joliment filer avec son baron !

– Voilà Karel qui vient là-bas ! dit un des jeunes gens, qui se tenait près de la porte. Même à cette distance, on voit qu'il est triste ; il marche le menton sur la poitrine, comme s'il cherchait des épingles. On dirait qu'il porte sur le dos la bêche qui doit creuser sa fosse.

Tous passèrent la tête dehors, et regardèrent Karel qui suivait lentement le chemin, les yeux baissés, songeur et distrait.

Sus jeta violemment son marteau contre l'enclume, comme si une soudaine colère s'était emparée de lui.

– Que te prend-il donc ? demandèrent les autres.

– Quand je vois Karel, mon sang bout ! s'écria Sus ; je consentirais à rester toute une année sans voir une pinte de bière, si je pouvais entre quatre yeux forger à tour de bras sur le dos du blaeskaek ! L'orgueilleux lourdaud ! Par ses sottes lubies, il perdra l'honneur de sa fille : après ça, il en est le maître, et elle ne mérite guère mieux, l'écervelée ! Mais qu'il fasse dépérir de chagrin mon ami Karel, et qu'il le pousse dans la fosse… un garçon fort comme un chêne, riche, instruit, et d'un excellent cœur, qui vaut cent blaeskaek et cent coquettes comme sa fille, voilà ce que je ne puis digérer. Voyez-vous, je ne veux de mal à personne, mais si par hasard, Gansendonck se cassait le cou, je regarderais cela comme une punition de Dieu !

– Sois tranquille, Sus ! la punition vient toujours à son heure. Quand la fourmi gagne des ailes, elle est bien près de mourir.

– Ne menace pas tant, Sus, le blaeskaek a dit qu'il te ferait mettre en prison.

– Bah ! Je crains aussi peu le fanfaron que s'il n'était qu'en peinture sur la muraille.

– Mais ne peux-tu faire comprendre à Karel qu'il devrait la laisser courir avec ceux pour qui elle est bonne ?

– Il n'y a pas d'onguent qui puisse le guérir ; plus on le fait servir de plastron au Saint-Sébastien, et pire il devient ; on lui fait croire là-bas que le chat pond des œufs ; il a perdu le sens. Il a perdu tout courage aussi : quand on parle un peu trop de cette affaire, les larmes lui viennent aux yeux, il tourne les talons et bonjour les amis.

– Mais Kobe ne pourrait-il faire comprendre à son baes que lorsqu'une corneille veut voler avec les cigognes, elle tombe bientôt dans la mer et s'y noie ?

– Baes et domestique se servent du même peigne ; deux sacs mouillés ne se sèchent pas l'un l'autre.

– Tais-toi, Sus, le voilà ; je crois qu'il vient à la forge.

En effet, Karel entra dans la forge et salua les compagnons avec un sourire forcé. Muet, il s'approcha de l'établi, tourna la vis de l'étau d'un air rêveur, et prit en main avec distraction les outils les uns après les autres, tandis que les jeunes paysans le contemplaient avec curiosité et compassion.

Assurément une douleur sans répit devait consumer Karel ; en si peu de temps, il était déjà très-changé. Son visage était d'une pâleur blême, ses yeux sans éclat erraient autour de lui ou se fixaient opiniâtrément sur des objets insignifiants ; ses joues étaient creuses et amaigries. Tout dans son attitude trahissait l'affaissement et la négligence ; ses vêtements n'étaient plus propres comme jadis, ses cheveux tombaient en désordre sur son cou.

– Eh bien, Karel, s'écria Sus, vous entrez encore ici comme la lumière du soleil, sans parler. Allons, allons, jetez ces vilaines pensées par-dessus la haie, et songez que vous valez mieux que ceux qui vous chagrinent ! Faites une croix dessus et buvez une bonne pinte ; toute votre tristesse ne donnera pas d'esprit au blaeskaek ! Et quant à sa charmante fille, vous n'en ferez jamais autre chose qu'une…

Un frémissement et un regard perçant de Karel arrêtèrent le mot sur les lèvres du forgeron.

– Oui, reprit-il, je sais que je ne puis toucher à cela ; vous ressemblez aux mauvais malades qui ne veulent pas du médecin ou jettent les fioles par la fenêtre ; mais peu importe, il y a trop longtemps que ces folles lubies durent. Savez-vous ce que dit le blaeskaek ? Il dit que mademoiselle Lisa va se marier avec monsieur Van Bruinkasteel, se marier devant la loi et l'église.

– J'aime mieux qu'il l'épouse que moi, dit un autre ; il aura du beau, une paysanne sortie du bon chemin et à bout de vertu !

Karel frappa sur l'étau avec son poing convulsivement fermé, jeta à celui qui parlait un regard plein d'amertume et de colère, et dit d'une voix étouffée :

– Lisa ? Lisa est innocente et pure ! Vous parlez méchamment et injustement !

Après ce peu de mots, il regagna la route et s'éloigna à pas lents de la forge, sans prendre garde à ce que lui criait encore son ami Sus.

Il traversa la route et prit un sentier qui menait dans la campagne. Chemin faisant, il se parlait de temps en temps à lui-même, s'arrêtait parfois en frappant du pied, puis reprenait sa marche d'un pas plus rapide, et s'éloignait toujours davantage, lorsque y au coin d'une petite sapinière, il entendit soudain prononcer son nom.

Il vit le domestique de baes Gansendonck assis sur le talus de la sapinière, une bouteille dans une main, un morceau de viande dans l'autre, et un fusil de chasse à côté de lui.

– Ah ! Kobe, s'écria le jeune homme avec joie, que faites-vous ici ?

– C'est encore une lubie de notre baes, répondit le domestique. Dès qu'il peut se passer de moi, il faut me mettre en route et aller jouer au garde forestier. Je veille ici à ce que les arbres ne s'envolent pas.

– Faites quelques pas avec moi, dit Karel d'une voix suppliante.

– J'ai justement fini mon repas, dit le domestique en se levant. Voyez, Karel, le beau fusil de chasse ? Le chien est tellement rouillé qu'un cheval même ne l'armerait pas, et le canon en est chargé depuis vingt ans et trois mois ! Tel maître, tel fusil !

– Allons, Kobe, dit le brasseur au domestique qui marchait à côté de lui, dites-moi un mot de consolation. Comment cela va-t-il là-bas ?

– Pomme pourrie que je ne sais par quel côté entamer, Karel. Les choses vont de travers : le baes, fou de joie, ne sait plus ce qu'il fait ; il rêve tout haut barons et châteaux, il court jusqu'à trois fois par jour chez le notaire.

– Pourquoi ? Qu'est-ce que cela signifie ? demanda Karel avec émotion.

– Il dit que Lisa va épouser d'ici à peu de temps monsieur Van Bruinkasteel.

Le brasseur pâlit et regarda le domestique avec une douloureuse surprise.

– Oui, poursuivit Kobe, mais le jeune baron ne sait rien de l'affaire et n'y songe pas.

– Et Lisa ?

– Lisa non plus.

– Ah ! dit Karel en respirant comme si un rocher venait de tomber de sa poitrine, Kobe, vous m'avez fait mal !

– Si j'étais à votre place, reprit Kobe, je voudrais voir clair là-dedans ; quand on laisse trop pousser la mauvaise herbe, elle finit par étouffer le plus beau grain. Vous ne venez jamais au Saint-Sébastien qu'après que monsieur Van Bruinkasteel est parti ; vous restez des demi-journées entières assis auprès de Lisa, et triste à émouvoir les pierres. Si Lisa vous demande la cause de votre tristesse, vous lui dites que vous êtes malade, et elle vous croit.

– Mais, Kobe, que puis-je faire ? Au moindre mot que je touche de cette affaire, elle se met à fondre en larmes ! Elle ne me comprend pas.

– Larmes de femme sont à bon marché, Karel ; je n'y ferais pas grande attention ; il est trop tard pour combler le puits quand le veau s'y est noyé. Un chien ne reste pas longtemps attaché avec des saucisses.

– Que voulez-vous dire ? balbutia le jeune homme épouvanté. Soupçonnez-vous Lisa ? Craignez-vous qu'elle… ?

– Si je savais qu'un cheveu de ma tête eût une mauvaise idée de Lisa, je l'arracherais. Non, non, Lisa est innocente dans l'affaire. Elle s'imagine aussi, la pauvre fille, que ces cajoleries et ce langage français ne sont que les belles manières. Et quand, par amour pour vous, elle accueille le baron avec froideur, notre baes intervient et la force de se montrer aimable. Monsieur Van Bruinkasteel doit être bien bon ; car le baes lui jette Lisa dans les bras dix fois par semaine !

– Comment ! dans les bras ? s'écria Karel d'une voix sombre.

– C'est seulement une manière de parler, poursuivit Kobe ; si vous ne me comprenez pas, tant mieux !

– Que faut-il faire ? que faut-il faire ? s'écria Karel avec désespoir et en frappant du pied la terre.

– Cela n'est pas caché sous le sable que vous battez, Karel. Si J'étais vous, j'irais droit au but ; mieux vaut un carreau cassé que la maison perdue.

– Que voulez-vous dire ? pour l'amour de Dieu, parlez plus clairement.

– Eh bien, cherchez une querelle à monsieur Victor ; fallût-il se battre, cela amènerait encore un changement, et d'ordinaire, en changeant, ce qui ne vaut rien s'améliore.

– S'il me donnait seulement un prétexte ! s'écria Karel ; mais ce qu'il dit et fait est si habilement calculé, qu'il y a de quoi crever de dépit sans pouvoir se venger.

– Allons, allons, qui veut trouver n'a pas besoin de chercher bien loin. Marchez-lui sur le pied, vous savez bien, son petit pied en pantoufles de velours ! De cette manière, la partie sera bientôt en train.

– Ah ! Kobe, qu'en dirait Lisa ? Faut-il que je compromette sa réputation par une agression qu'on regarderait comme une preuve que moi aussi j'ai de mauvaises idées sur son compte ?

– Pauvre innocent ! croyez-vous que les gens ne glosent pas sur Lisa ? Il n'y a pas de mal qu'on ne dise d'elle tous les jours. Toute l'affaire est divulguée, et chacun y ajoute encore son petit mot.

– Mon Dieu ! mon Dieu ! elle est innocente, et on l'accuse comme une coupable !

– Karel, vous n'avez plus de sang dans le cœur. Vous voyez le mal grandir chaque jour, et vous courbez la tête comme un enfant impuissant. Vous voyez que tout concourt à pousser à sa perdition votre innocente amie : le langage séducteur de Victor, le fol orgueil de son père, et sa propre inclination à elle pour tout ce qui vient de la ville. Personne ne peut rien faire pour la sauver, personne que vous… ange gardien qui vous endormez tandis que le démon travaille à égarer cette chère âme ! Grâce à votre craintive et débonnaire patience, vous abandonnez Lisa, seule en face du danger qui la menace ! Si, par malheur, elle succombait, à qui en serait la faute ? Allons, aidez-vous, Dieu vous aidera ; soyez courageux, tranchez le nœud, montrez-vous homme ! Le proverbe ne dit-il pas : C'est parce que le berger qui connaît le bon chemin s'en écarte, que le loup mange la brebis ?

Karel ne répondit qu'après un moment de silence.

– Hélas ! hélas ! dit-il en soupirant, j'ai peur de tout ! Que pourrais-je entreprendre ? Je sais qu'au premier regard de Lisa la dernière étincelle de courage s'éteindra en moi : le cœur est malade, Kobe ; il faut subir mon triste sort.

– Défendez-la au moins contre les sanglants outrages du baron lui-même.

– Les outrages ? L'a-t-il outragée ?

– Savez-vous ce que monsieur Van Bruinkasteel disait avant-hier en se raillant à ses compagnons, en présence du chasseur d'Adolphe ?

Il s'approcha mystérieusement du brasseur, et lui dit quelques mots à l'oreille.

– Tu mens ! tu mens ! s'écria Karel en repoussant violemment le domestique ; il n'a pas dit cela !

– Comme vous voudrez, Karel, grommela Kobe, Soit ! je mens, le chasseur ment ; cela n'est pas vrai, cela ne peut pas être, monsieur Van Bruinkasteel aime trop bien Lisa pour dire pareille chose !

Karel s'était cramponné au tronc d'un jeune sapin ; sa poitrine se soulevait violemment ; sa respiration se perdait en un lugubre et guttural sifflement ; ses yeux étincelaient d'un feu sombre sous ses sourcils abaissés. Ce que le domestique lui avait chuchoté à l'oreille devait avoir fait à son cœur une affreuse blessure, car il tremblait comme un roseau et rugissait comme un lion.

Soudain il tendit vers le domestique son poing convulsivement serré, et s'écria tout hors de lui :

– Ah ! c'est donc un assassinat que tu me conseilles, démon ?

Kobe épouvanté fit quelques pas en arrière, et balbutia :

– Çà, Karel, est-ce pour rire ou non que vous faites si vilaine figure ? Je ne vous ai fait aucun mal. Si vous aimez mieux voir mes talons, vous n'avez qu'à le dire : un bonjour, tout est fini, et chacun va son chemin.

– Reste ici ! cria le brasseur.

– Ouvrez les mains alors, répondit Kobe, je n'aime pas les poings fermés.

Karel baissa de nouveau les yeux et demeura quelque temps immobile, sans regarder le domestique. Enfin, il releva la tête et demanda d'une voix tremblante :

– Kobe, Victor Van Bruinkasteel est-il à cette heure au Saint-Sébastien ?

– Oui, mais… oui, mais… s'écria le domestique avec angoisse, vous n'irez pas vous, Karel ; dussé-je me battre avec vous, je vous en empêcherai tant qu'il me restera un souffle de vie. Je ne vous comprends pas : vous êtes, comme dit le proverbe, tantôt trop sage, tantôt trop fou, jamais comme il faudrait être. Vous iriez faire du beau au Saint-Sébastien ; vous avez le regard d'un taureau furieux !

Sans avoir égard à ces paroles, Karel fit volte-face et s'achemina rapidement dans la direction de la demeure de baes Gansendonck. Le domestique laissa tomber son fusil, et se précipita au-devant du brasseur en le retenant de force.

– Laisse-moi aller ! dit Karel tandis que Kobe le regardait avec un sourire ambigu ; je veux partir, et tu sais bien que tu ne peux m'en empêcher.

Pourquoi me forcer à te faire du mal ?

Ces paroles dites de sens rassis surprirent le domestique : pourtant il ne lâcha pas prise et demanda :

– Promettez-vous d'en rester aux mots et de ne pas recourir aux mains ?

– Je ne ferai de mal à personne, répondit le jeune brasseur.

– Qu'allez-vous donc faire ?

– Suivre votre conseil, Kobe ; demander compte de sa conduite à tout le monde, et dire tout net ce que j'ai sur le cœur ; mais ne craignez rien, Kobe, j'ai une mère.

– Ah ! votre bon sens est-il revenu ? Vous pourriez en remontrer au coq du clocher ! Vous ne feignez pas, n'est-il pas vrai ? Eh bien, allons, je vous accompagne. Soyez calme et fort, Karel ; qui parle haut a à moitié vaincu. Faites un peu de bruit, montrez les dents, et dites une bonne fois son fait au baes ; le courage ne lui donnera pas la fièvre. Dieu sait, si vous l'abordez bien, si lui-même ne priera pas le baron de passer désormais outre sa porte ; et alors après la douleur vient le plaisir ! Il me semble déjà voir le ménétrier sur son estrade !

Tous deux suivaient le sentier d'un pas mesuré ; le domestique faisait entrevoir au jeune homme une consolante perspective, l'encourageait à montrer toute la fermeté convenable, et lui conseillait de ne pas prendre garde cette fois aux larmes de Lisa avant d'avoir pleinement atteint le but qu'il avait en vue.

Non loin de l'auberge, Kobe quitta son compagnon préoccupé, en alléguant qu'il était trop tôt pour qu'il rentrât à la maison, et qu'il en avait encore pour toute une grande heure à jouer le garde forestier.

Karel lui serra la main avec reconnaissance et lui promit de nouveau de suivre son conseil. Il sembla au jeune homme, dès qu'il se trouva seul, qu'un voile était tombé de ses yeux, et que pour la première fois il voyait clairement ce qui se passait et ce qu'il avait à faire. Il se proposa de demander compte de sa conduite à baes Gansendonck, et, – que cela lui plût ou non, – de lui faire sentir combien sa folie mettait en péril non-seulement la bonne renommée de Lisa, mais son honneur lui-même. La physionomie du jeune homme, lorsqu'il arriva près de l'auberge, attestait une calme et froide résolution.

Cette disposition d'esprit changea tout à coup à la porte de derrière du Saint-Sébastien.

À l'intérieur de la chambre, on entendait la voix séductrice du baron ; il chantait une romance française dont l'air et le rhythme respiraient l'amour et la coquetterie.

Karel s'arrêta tout tremblant, et prêta l'oreille avec une fiévreuse attention :

Pourquoi, tendre Élise, toujours vous défendre ?
À mes désirs daignez vous rendre.

Les doigts du brasseur se serrèrent convulsivement ; son cœur torturé était en proie à un terrible orage. Les doigts du brasseur se serrèrent convulsivement ; son cœur torturé était en proie à un terrible orage.

Ayez moins de rigueur ;
Si mon amour vous touche,
Qu'un mot de votre bouche
Couronne mon ardeur !

La voix de Lisa se mêlait timidement à celle du baron ; elle aussi chantait ces voluptueuses paroles !

Le sang se précipitait impétueusement dans les veines du jeune homme ; ses yeux s'injectèrent, ses dents se heurtèrent avec un grincement ; et lorsque les derniers vers de la romance tombèrent sur son cœur de la bouche de Lisa et de celle du baron, comme d'ardentes étincelles, ses cheveux se dressèrent sur sa tête.

Pitié ! mon trouble est extrême.
Ah, dites je vous aime !
Je vous aime !

– Bravo ! bravo ! s'écria le baes en battant des mains. Oh ! que c'est beau !

Un lugubre sifflement s'échappa de la gorge contractée du jeune homme, et il entra dans l'auberge.

À son apparition dans la chambre, chacun se leva effrayé ou surpris : Lisa jeta un perçant cri d'angoisse et tendit vers Karel des bras suppliants ; le baron le regarda en face d'un air fier et interrogateur ; le baes frappait impatiemment du pied et grommelait des injures en lui-même.

Un instant Karel demeura, comme hors de sens, la main appuyée sur une chaise ; il tremblait au point que ses jambes menaçaient de se dérober sous le poids de son corps ; son visage était pâle comme un linge ; des frémissements nerveux et convulsifs couraient sur son front et sur ses joues ; en somme, son aspect devait être terrible, car le baron, quelque courageux qu'il fût d'ailleurs, pâlit aussi et fit quelques pas en arrière pour se mettre hors de la portée du brasseur furieux. Baes Gansendonck seul semblait encore se railler de Karel, et le contemplait avec un sourire de dédain.

Soudain le jeune homme lança au baron un regard brûlant de haine et de vengeance ; le baron, choqué, s'écria d'un ton arrogant :

– Çà, que signifie cet enfantillage ? Savez-vous à qui vous avez affaire ? Je vous défends de me regarder aussi insolemment.

Le brasseur poussa un cri sourd, son poing se crispa sur le dossier de la chaise, et sans aucun doute il allait en frapper le baron à la tête, mais, avant qu'il eût eu le temps de faire ce mouvement, Lisa s'élança vers lui et enlaça ses bras au col de Karel en pleurant à chaudes larmes. Son regard était si suppliant, si aimant ; elle l'appelait de si doux noms, que, vaincu et à bout de forces, il s'adossa sur la chaise et dit avec un profond soupir :

– Oh ! merci, merci, Lisa : vous m'avez sauvé ! Sans vous, c'en était fait !

La jeune fille pressait ses deux mains et continuait à le calmer et à le consoler par d'affectueuses paroles. Elle voyait bien, à la violente émotion qui l'agitait encore, que sa colère n'était pas éteinte, et s'efforçait d'apprendre de lui la cause de son égarement.

Sur ces entrefaites, le baron s'approcha de la porte, et il se disposait à quitter l'auberge ; mais baes Gansendonck lui cria :

– Eh bien, monsieur le baron, avez-vous peur d'un paysan fou ?

– Je ne crains pas un paysan fou, répondit le baron en ouvrant la porte, mais il ne me convient pas de me prendre au collet avec lui.

À ces insultantes paroles, Karel bondit, s'arracha des bras de son amie, et courut à la porte pour rejoindre le baron dehors ; mais baes Gansendonck l'arrêta et s'écria transporté de colère :

– Holà ! maraud, à nous deux maintenait ! Cela dure depuis assez longtemps. Quoi ! tu viendras chasser les gens de ma maison et y jouer le rôle de baes ! Frapper à coups de chaise monsieur le baron Van Bruinkasteel ! Je ne sais ce qui me retient de te faire empoigner par les gendarmes ! Viens, j'ai à te dire des choses que ma fille ne doit pas entendre : comme cela, ce sera fini d'un seul coup, ou je te montrerai qui est maître ici.

Un sourire amer crispa le visage de Karel. Il suivit le baes dans une autre chambre ; celui-ci ferma la porte en dedans, et muet, l'œil plein de menace, il se planta devant le brasseur, qui s'efforçait visiblement de réprimer son émotion et de ressaisir le calme nécessaire à son but dans cette entrevue souhaitée.

– Faites laide mine tant que vous voudrez, dit le baes, je me ris de vos lubies. Vous allez me dire, et un peu vite, qui vous donne le droit de venir dans ma maison pour y faire l'insolent vis-à-vis du monde ! Croyez-vous peut-être avoir acheté ma fille ?

– Ne m'irritez pas, pour l'amour de Dieu, dit Karel d'une voix suppliante, laissez-moi revenir un peu à moi, je raisonnerai avec vous ; et si vous ne voulez pas me comprendre, je m'en irai et ne remettrai jamais le pied sur votre seuil.

– Voyons, je suis curieux de vous entendre ; je sais quelle chanson vous allez me chanter, mais cela ne réussira pas : vous frappez à la porte d'un sourd !

À cette ironie, la colère emporta de nouveau Karel ; il dit d'une voix rapide et avec des gestes saccadés :

– Mon père vous a secouru, vous a sauvé de la ruine ! Vous lui avez promis à son lit de mort que Lisa serait ma femme ; vous avez encouragé notre amour…

– Les temps changent et les hommes aussi…

– Maintenant que vous avez hérité d'un peu de boue, de cette boue qu'on nomme argent, maintenant vous voulez non-seulement briser, comme un ingrat, votre parole solennelle, mais encore vous souillez l'honneur de ma fiancée. Vous vendez sa pudeur pour le vain espoir d'une élévation impossible, et vous faites traîner son honneur dans la fange des rues…

– Oh ! oh ! quel ton est-ce là ? À qui croyez-vous parler ?

– Et moi, vous me faites dépérir, vous me faites mourir de chagrin et de désespoir. Non pas parce que vous voulez me ravir Lisa ; non, cela vous ne le pourriez pas ; elle m'aime ! Mais y a-t-il un plus grand martyre que de voir sous ses yeux pervertir son amie, sa fiancée, de la voir souiller par tout ce que la ville nourrit de mauvais et d'immoral ? de devoir la conduire à l'autel quand la pureté de son âme aura été profanée ?

– Avez-vous appris par cœur cet incompréhensible verbiage ? Il n'en est pas plus clair pour cela. Je suis maître, et ce que je fais est bien fait ; croyez-vous peut-être avoir plus d'esprit que baes Gansendonck ?

– Aveugle que vous êtes ! vous forcez votre fille à écouter les paroles empoisonnées du baron ; chaque flatterie est une souillure pour cette âme candide. Vous la poussez à sa perte ; et si elle tombe… Hélas ! le père même aura creusé l'abîme où devait s'engloutir l'honneur de son enfant ! Qu'espérez-vous ? Qu'elle épouse monsieur Van Bruinkasteel ? Ah ! ah ! cela ne se peut ! Son père et sa famille ne fussent-ils pas là pour l'en empêcher, que lui-même repousserait une femme déjà déshonorée à ses yeux, et par la manière dont vous cherchez à l'attirer sans déguisement et par ses propres caresses.

– Continuez, s'écria baes Gansendonck avec un rire ironique, je ne savais pas que votre chanson eût autant de notes. Elle n'épousera pas le baron ? C'est ce que nous verrons ! Vous viendrez à la noce si vous voulez bien vous conduire. Mettez-vous l'amour hors de la tête, Karel, c'est ce que vous pouvez faire de mieux ; autrement cela pourrait bien vous faire du mal. Tout en restant notre ami, ne venez plus à la maison, car vous devez comprendre que le baron va désormais passer pour ainsi dire toute la journée ici, et vous vous trouveriez dans son chemin ; il n'est pas homme à hanter beaucoup les paysans.

– Ainsi la vue de ma mortelle douleur n'a aucun pouvoir sur vous ? Il viendra encore la cajoler, la tromper par ses perfides paroles, célébrer dans ses chansons le désir et la passion, remplir le cœur de ma Lisa d'un venin qui doit tuer tout sentiment de chasteté et d'honneur ?

– Du venin ? Qu'est-ce à dire ? Parce que vous êtes incapable d'en faire autant. Voilà comme les paysans parlent toujours des messieurs de la ville ; ils crèvent d'envie quand ils voient quelqu'un qui connaît les belles manières et la politesse. Maîtrisez votre cœur, mon garçon ; vous continueriez que cela ne servirait à rien. Le baron viendra comme par le passé, et Lisa deviendra une grande dame. Vous vous casseriez la tête que cela n'y ferait pas plus qu'une mouche dans la chaudière de votre brasserie. J'ai le droit de faire dans ma maison et de ma fille ce que je veux, et personne n'a celui d'y mettre le nez, vous moins que tout autre !

– Le droit ! s'écria Karel avec un rire amer, le droit de perdre l'honneur de votre enfant ? de la livrer, innocente et pure comme elle l'est, en proie aux calomnies de chacun ? de la faire honnir et détester par tout le monde, comme le méprisable jouet d'un jeune fat efféminé ? Non, non, ce droit vous ne l'avez pas ! Lisa m'appartient ! Si son père veut la précipiter dans la fange de l'ignominie, moi je l'en arracherai triomphalement. J'avais oublié mon devoir ; mais c'est fini maintenant. Votre baron se tiendra à l'écart, Lisa sera sauvée malgré vous. Non, Je n'ai plus d'égards pour votre fatale ambition !

– Est-ce tout ce que vous avez à dire ? demanda baes Gansendonck avec la plus grande indifférence ; alors je vous dirai tout net que je vous défends l'entrée de ma maison, et si vous osez encore y venir, je vous ferai mettre à la porte par le garde champêtre et mes domestiques.

– Une auberge est ouverte pour tout le monde.

– Il ne manque pas chez moi de chambres où le baron pourra s'entretenir avec ma fille.

Le jeune homme, abattu et découragé, s'affaissa sur une chaise, pencha la tête et baissa les yeux sans répliquer un mot.

– Allons, partez, dit le baes ; vous serez bien vite guéri de votre échec amoureux. Retournez chez vous, et dorénavant tenez-vous à distance du Saint-Sébastien, sans vous inquiéter davantage de Lisa. À cette condition, nous resterons bons amis de loin. J'oublierai votre arrogance et vos sottes lubies. Bon sens tard venu est aussi sagesse. – Eh bien, partez-vous ?

Karel se leva ; son visage avait subi une complète transformation. La tension de ses nerfs avait disparu ; ce fiévreux élan d'énergie l'avait épuisé, l'impuissance de ses paroles lui avait ravi tout courage. Suppliant et les mains jointes, il s'avança vers le baes, et, les yeux humides, lui dit :

– Ô Gansendonck, ayez pitié de moi, de Lisa ! Soyez sûr que j'en mourrai… Par la mémoire de mon père, je vous en conjure, ouvrez les yeux. Donnez-moi votre fille en mariage avant que son nom soit tout à fait déshonoré. Je la rendrai heureuse, je l'aimerai, je la soignerai et travaillerai pour elle comme un esclave ! J'aurai pour vous la vénération, l'obéissance, l'amour d'un fils, et vous servirai comme un valet !

En voyant Karel s'humilier si bas devant lui, le baes en eut quelque pitié, et répondit :

– Karel, je ne veux pas dire que vous ne soyez pas un bon garçon, et que ma Lisa n'aurait pas en vous un bon mari.

– Ô Baes, pour l'amour de Dieu, supplia le jeune homme en lui adressant un regard brillant d'espérance, ayez compassion de moi ! Donnez-moi Lisa pour femme ! J'accomplirai vos moindres désirs avec la soumission d'un enfant : je vendrai la brasserie, j'irai habiter un château, je quitterai mon rang de paysan, je changerai complètement ma vie !

– Cela ne peut plus se faire, mon cher Karel ; il est trop tard.

– Et si vous saviez que je dois bien sûrement en mourir ?

– Cela me ferait vraiment peine, mais je ne puis vous forcer à demeurer en vie.

– Ô Gansendonck ! s'écria le jeune homme en levant les mains au ciel et tombant à genoux, laissez-moi l'espérance ! Ne me tuez pas !

Le baes le releva et reprit :

– Mais vous perdez la tête, Karel ; je n'y puis plus rien faire. Songez donc combien les choses sont déjà avancées ; demain nous allons dîner au pavillon chez monsieur le baron ; il donne une fête en l'honneur de Lisa.

– Elle ? elle, ma Lisa au château du baron ? Oh ! vous allez perdre son honneur à tout jamais ! Il n'y a pas une seule femme au château !

– Elle va faire connaissance avec la résidence de chasse de son futur mari.

– Ainsi, plus d'espoir ! À elle le déshonneur, à moi la tombe ! s'écria le brasseur avec horreur et la voix pleine de sanglots ; tandis qu'il portait les mains devant ses yeux et qu'un torrent de larmes coulait sur ses joues.

– Je vous plains, Karel, dit le baes d'un ton indifférent. Lisa sera une grande dame. Cela est écrit là-haut ; et cela sera…

Il prit doucement par les épaules Karel désespéré, et le poussa vers la porte en disant :

– Allons, cela a duré assez longtemps, et cela ne peut d'ailleurs servir à rien. Retournez chez vous… et plus un mot à Lisa, entendez-vous ?

Karel se laissa pousser en avant, docile, et muet. Sa tête affaissée penchait vers la terre, des larmes abondantes tombaient de ses yeux sur le sol. En entrant dans la chambre où se trouvait Lisa, il jeta encore sur elle, comme un éternel adieu, un regard mourant…

La jeune fille, qui depuis si longtemps déjà écoutait avec une profonde anxiété les sons confus qui retentissaient dans la chambre fermée, attendait, debout et tremblante, que la porte s'ouvrît.

Et voilà que son amant apparaissait à ses yeux, muet, tout en larmes, comme une victime innocente qui marche à la mort ! Un cri déchirant s'échappa de son sein ; elle s'élança vers le jeune homme, se suspendit à son cou en gémissant, et s'efforça avec angoisse de l'éloigner de la porte ! Karel jeta sur elle un douloureux regard et sourit si tristement, que ce funèbre sourire fit jaillir du sein de Lisa un nouveau cri de détresse.

Baes Gansendonck détacha, en prononçant des paroles de menace, les bras de sa fille du cou de Karel, poussa le jeune homme hors de l'auberge, et ferma la porte derrière lui.

VI

Baes Gansendonck courait comme un fou du haut en bas dans sa chambre ; il avait descendu le miroir pour voir ses jambes, et marchait en arrière et en avant avec toutes sortes de cris d'admiration. Il était en manches de chemise et portait un pantalon à sous-pieds tout neuf. Sur une chaise, près du mur, étaient étalés une paire de gants jaunes, un gilet blanc et un jabot de dentelle.

Le domestique se tenait au milieu de la chambre avec une cravate blanche pliée sur le bras. Il regardait le baes d'un air patient ; seulement de temps en temps apparaissait sur ses lèvres un imperceptible sourire de pitié ou de mécontentement.

– Eh bien, Kobe, dit le baes avec une joie expansive, qu'en dis-tu ? Ne va-t-il pas bien ?

– Je ne m'y connais pas, baes, répondit Kobe d'un ton fâché.

– Tu peux toujours voir si cela me va bien ou mal.

– Je vous aime mieux sans ces petites courroies au pantalon, baes ; vos jambes sont raides comme des manches à balai.

Gansendonck, stupéfié par cette audacieuse observation, lança au domestique un regard furieux et s'écria :

– Que signifie cela ? Vous aussi, vous commencez à dresser les oreilles ! Croyez-vous que je vous paie et vous nourris pour me dire des choses déplaisantes. Allons, parlez ! Me va-t-il bien, oui ou non ?

– Oui, baes.

– Quoi, oui, baes ? vociféra Gansendonck en frappant du pied. Me va-t-il bien oui ou non, je te demande.

– In ne saurait vous aller mieux, baes.

– Ah ! tu es entêté ? Voudrais-tu recevoir ton compte, et aller chercher un autre service ? N'as-tu pas la vie assez bonne ici, fainéant ? Tu désires peut-être de meilleur pain que du pain de froment ! C'est ainsi qu'on tombe du trèfle aux joncs ; mais le proverbe dit bien vrai : Donnez de l'avoine à un âne, il courra aux chardons !

Kobe, avec une anxiété feinte ou réelle, dit d'un ton suppliant :

– Oh ! baes, j'ai si mal au ventre ! Je ne sais ce que je dis ; il faut me pardonner : votre pantalon vous va aussi bien que s'il était peint sur vos jambes.

– Ah ! tu as mal au ventre ? demanda le baes avec intérêt. Ouvre la petite armoire là-bas et bois un coup d'absinthe. Ce qui est amer à la bouche est sain pour l'estomac.

– Oui, baes ; vous êtes trop bon, baes, répondit Kobe en se dirigeant vers l'armoire.

– Donne-moi ma cravate, dit le baes, et avec précaution, pour ne pas la chiffonner.

Tout en continuant de s'habiller et de s'ajuster, il parlait tout songeur :

– Eh ! Kobe, comme les paysans vont rester bouche béante, en me voyant passer avec un gilet blanc, un jabot bot de dentelle et des gants jaunes ! Dieu sait s'ils ont jamais rien vu de pareil en leur vie ! J'avais demandé avec adresse à monsieur Van Bruinkasteel comment les messieurs qui savent leur monde s'habillent quand ils vont dîner dehors ; et en quatre jours on m'a confectionné tout cela en ville, Avec de l'argent, on fait plus que des merveilles, on fait des miracles. Et Lisa, elle leur fera sortir les yeux de la tête avec les six volants de sa robe de soie !

– Six volants, baes ? La dame du château n'en porte elle-même que cinq, et encore faut-il que ce soit dimanche.

– Si Lisa voulait faire selon mon goût, elle en porterait bien dix : quand on est bien dans ses affaires, il faut le montrer, et qui peut payer peut acheter. Tu la verras passer devant les paysans comme une vraie dame, Kobe, avec un chapeau de satin sous lequel il y a des fleurs comme celles qui fleurissent l'hiver au château.

– Des camélias, baes ?

– Oui, des camélias. Pense un peu, Kobe, ils avaient en ville mis sur le chapeau de Lisa des épis de blé et des fleurs de sarrasin ; mais j'ai fait bien vite ôter cette garniture de paysanne. Donne-moi mon gilet, mais sans le toucher avec les mains.

– C'est là un art que je n'ai pas appris, baes.

– Imbécile, je veux te dire de le prendre avec l'essuie-main.

– Oui, baes.

– Dis-moi, Kobe, me vois-tu assis à table au château ? Lisa entre moi et monsieur le baron ? Nous entends-tu faire des compliments et dire de belles choses ? Nous vois-tu boire toutes sortes de vins extraordinaires et manger du gibier préparé avec des sauces dont le diable lui-même ne retiendrait pas les noms ? et cela dans des plats dorés et avec des cuillers d'argent ?

– Oh ! baes, taisez-vous, s'il vous plaît ; j'en ai l'eau à la bouche !

– Il y a bien de quoi, Kobe ; mais je ne veux pas être seul heureux ; il reste encore la moitié du lièvre d'hier ; tu peux la manger, et bois avec cela une couple de pintes de bière d'orge.

– C'est beaucoup de bonté, baes.

– Et viens ensuite dans l'après-dînée au pavillon voir si je n'ai rien à t'ordonner.

– Oui, baes.

– Mais, dis un peu, Kobe, Lisa serait-elle déjà habillée ?

– Je ne sais pas, baes ; quand je suis allé tout à l'heure chercher de l'eau de pluie fraîche, elle était encore assise auprès de la table.

– Et quelle robe avait-elle ?

– Sa robe ordinaire des dimanches, je crois, baes.

– Ne t'a-t-elle pas dit qu'hier j'ai mis le brasseur à la porte ?

– J'ai vu qu'elle est très-abattue, baes ; mais je ne m'informe pas des choses qui ne me regardent point : fou est celui qui se brûle à la marmite d'un autre.

– Tu as raison, Kobe ; mais moi je suis maître de te parler de cela si je le veux. Pourrais-tu croire qu'elle tient encore tellement à ce fou de Karel, qu'elle refusait d'aller dîner au pavillon parce qu'elle a vu l'autre pleurer en s'en allant ? N'ai-je pas dû me quereller avec ma propre fille pendant toute la soirée, pour lui casser la tête ?

– Et a-t-elle enfin dit qu'elle irait avec vous, baes ?

– Quoi ? elle n'a rien à dire. Je suis maître !

– Cela est certain, baes.

– N'a-t-elle pas même eu l'audace de me dire qu'elle ne veut pas se marier avec le baron ?

– Vraiment ?

– Oui, et qu'elle demeurera fille toute sa vie si elle n'a ce maraud de Karel pour mari. Elle serait belle dans la sale brasserie, assise à un rouet auprès de la marmite aux vaches ! Et quand elle voudrait aller en ville, elle pourrait grimper sur la charrette à bière, n'est-ce pas, Kobe ?

– Oui, baes.

– Allons, donne-moi mes gants ; je suis prêt. Voyons un peu ce que fait Lisa ; peut-être va-t-elle encore nous régaler de quelque nouveau caprice. Hier soir du moins elle ne voulait pas entendre raison sur les six volants de sa robe neuve. Bon gré, mal gré, elle s'habillera comme je le juge convenable.

Lisa était assise dans la chambre de devant, auprès de la fenêtre. Une profonde tristesse était empreinte sur son visage, elle tenait une aiguille d'une main et de l'autre un ouvrage de broderie, mais ses pensées étaient bien loin, car elle restait immobile et ne travaillait pas.

– Qu'est-ce que c'est que cela ? s'écria baes Gansendonck avec colère ; je suis babillé de la tête aux pieds, et tu es encore là comme s'il ne s'agissait de rien.

– Je suis prête, mon père, répondit Lisa avec une patiente résignation.

– Mon père ! mon père ! Tu veux donc encore me faire sortir de ma peau ?

– Je suis prête, papa, répéta la jeune fille.

– Lève-toi un peu, dit baes Gansendonck avec une mine rébarbative ; quelle robe as-tu là ?

– Ma robe des dimanches, papa.

– Vite, va mettre ta robe neuve et le chapeau à fleurs !

Lisa courba la tête et ne répondit rien.

– De mieux en mieux ! vociféra baes Gansendonck. Parleras-tu, oui ou non ?

– Ah ! papa, dit Lisa d'une voix suppliante, ne me contraignez pas. La robe et le chapeau ne s'accordent pas avec notre condition ; je n'oserais les porter pour traverser le village. Vous voulez que je vous suive au château, bien que je vous aie supplié à genoux de me laisser à la maison. Eh bien, je le ferai ; mais, pour l'amour de Dieu, laissez-moi y aller avec mes vêtements ordinaires des dimanches.

– En bonnet, avec un seul volant à ta robe ! dit baes Gansendonck avec ironie. Tu ferais belle figure comme cela, à une table couverte de plats dorés et de cuillers d'argent ! Allons, allons, pas tant de paroles ; mets ta robe neuve et ton chapeau, je le veux !

– Vous pouvez faire ce que bon vous semble, papa, dit Lisa en soupirant et en penchant la tête avec désolation ; vous pouvez me gronder, me punir ; je ne mettrai pas la robe neuve, je ne porterai pas le chapeau...

Du coin du foyer, Kobe hochait la tête pour encourager la jeune fille dans sa résistance.

Le baes se tourna vers le domestique, et lui demanda d'un ton furieux :

– Eh bien, que dis-tu d'une fille qui ose parler ainsi à son père ?

– Elle pourrait bien avoir raison, baes ?

– Que dis-tu là ? Toi aussi ? Vous entendez-vous ensemble pour me faire crever de colère ! Je t'apprendrai, ingrat vaurien !... demain tu partiras d'ici !

– Mais, cher baes, vous ne comprenez pas, répondit Kobe avec une terreur simulée. Je veux dire que Lisa pourrait bien avoir raison si elle n'a pas tort.

– Ah ! parle donc un peu plus clairement une autre fois.

– Oui, baes.

– Et toi, Lisa, dépêche-toi ! Que cela te plaise ou non, tu m'obéiras, dussé-je te mettre ta robe par force.

La jeune fille fondit en larmes. Cette circonstance accrut sans doute encore le mécontentement de son père, car il se mit à gronder vivement en lui-même, et à heurter avec colère les chaises les unes contre les autres.

– Encore mieux ! cria-t-il ; pleure une heure ou deux, Lisa, tu seras jolie après, avec une paire d'yeux rouges comme un lapin blanc ! Je ne veux pas que tu pleures ; c'est un tour que tu joues pour que nous soyons forcés de rester à la maison.

La jeune fille continuait à pleurer sans dire une parole.

– Allons, dit le baes avec impatience, puisqu'il n'en peut être autrement, habille-toi comme tu voudras, mais cesse de pleurer. Pour Dieu, Lisa, hâte-toi !

La jeune fille quitta sa chaise et, sans parler, monta l'escalier pour aller se préparer à la visite au château.

À peine avait-elle disparu, que monsieur Van Bruinkasteel entra dans l'auberge, en disant au baes :

– Qu'est-ce qui vous a retenu si longtemps, monteur Gansendonck. J'avais peur qu'il ne vous fût arrivé quelque chose. Nous vous attendons depuis plus d'une heure déjà.

– C'est la faute de Lisa, répondit le baes ; je lui avais fait faire une belle robe neuve et un chapeau de satin ; mais je ne sais ce qu'elle a en tête, elle ne veut pas mettre d'habits neufs.

– Elle a raison, monsieur Gansendonck ; elle est, certes, toujours assez charmante.

– De beaux habits ne gâtent pourtant rien, monsieur Victor.

Lisa descendit, et salua le baron avec une froide politesse. Ses yeux attestaient sa tristesse, et il était facile de voir qu'elle avait pleuré. Elle portait sa robe de soie ordinaire, à un seul volant, et un bonnet de dentelle de la forme de ceux qu'on porte en ville, et que l'on nomme cornettes.

Elle passa avec intention son bras sous celui de son père, et voulut l'attirer vers la porte ; mais le baes se dégagea et s'éloigna d'elle comme pour inviter le baron à être le cavalier de sa fille.

Monsieur Victor ne parut pas s'en apercevoir ; peut-être croyait-il inconvenant pour Lisa et pour lui-même de traverser le village bras dessus bras dessous.

Après quelques façons pour savoir qui passerait le premier la porte, on quitta l'auberge. Le baes fit de nécessité vertu, et se mit en route avec sa fille. Chemin faisant, il dit avec aigreur :

– Vois-tu bien, fille entêtée ? Si tu avais ta belle robe et ton chapeau à fleurs, le baron t'eût donné le bras. Maintenant il ne veut pas : ta mise est trop commune, voilà ce que c'est !

Ils devaient passer devant la brasserie. Là, derrière le mur de l'étable, la Jeune fille vit le désolé Karel qui, debout, les bras croisés sur la poitrine et la tête penchée, attachait sur elle un œil attristé, sans témoigner ni colère ni surprise. Seulement on lisait dans ses regards mourants l'abattement, le découragement et un morne désespoir.

Lisa jeta un cri d'angoisse, s'arracha du bras de son père et s'élança vers Karel, dont elle saisit les deux mains dans ses mains frémissantes avec mille exclamations confuses de consolation et de tendresse.

Baes Gansendonck s'approcha des deux amants, lança au brasseur un regard furieux, et força sa fille à s'éloigner de lui.

Lisa se remit en marche, muette et l'âme remplie de pensées amères, vers le pavillon de monsieur Van Bruinkasteel.

VII

Vers la fin de l'après-midi, Karel était dans un haut taillis, le dos appuyé au tronc d'un bouleau. Devant lui, de l'autre côté du fossé, s'élevait le pavillon de chasse de monsieur Van Bruinkasteel.

Depuis longtemps déjà, le jeune homme se trouvait dans ce lieu solitaire ; il ignorait lui-même comment et pourquoi il y était venu. Tandis que, la tête pleine de désolantes rêveries, il errait, distrait, à travers champs, son cœur l'avait conduit de ce côté pour l'abreuver d'un fiel plus amer encore. Il était là maintenant comme une statue inanimée, le regard opiniâtrément fixé sur la demeure du baron, et trahissant seulement de temps en temps la vie par un triste sourire ou un frémissement convulsif. Son âme était à la torture : grâce à son imagination tourmentée, il perçait à travers les murailles derrière lesquelles devait se trouver Lisa ; il la voyait assise à côté du baron ; il entendait des déclarations d'amour, de galantes et séductrices paroles ; il surprenait de lascives œillades, et voyait baes Gansendonck s'efforcer de faire taire la pudeur de sa fille, et alors... alors la faible Lisa ne savait plus que faire, elle laissait le baron lui prendre la main et attacher sur elle le regard profanateur du désir !

Pauvre Karel ! il perdait son propre cœur de mille blessures, et forçait son imagination surexcitée à fouiller la plaie pour lui faire vider jusqu'à la lie le calice de douleur.

Après s'être longtemps perdu dans ces tristes et douloureuses rêveries, il tomba dans une sorte de sommeil de l'esprit. Ses nerfs se détendirent, ses traits n'accusèrent plus que l'indifférence de l'épuisement, sa tête s'affaissa sur son sein, et ses yeux, à demi fermés, se fixèrent sur la terre. Soudain le son de quelques lointains accords, auxquels se mariaient les accents d'une voix d'homme affaiblie par la distance, vinrent frapper son oreille.

Quelque peu distinct que fût ce chant, il agit puissamment sur l'âme du jeune homme. Tremblant de tous ses membres, la soif de la vengeance peinte sur les traits, il bondit comme si un serpent l'eût mordu. Un ardent éclair rayonna dans ses yeux, ses lèvres crispées laissèrent ses dents à découvert, ses doigts craquèrent, tant il serrait les poings avec fureur. Il connaissait ce chant exécré, ce chant qui, comme une voix infernale, avait, un matin, fait entendre à l'oreille de Lisa le langage du désir et de la volupté. Elles brûlaient encore son cœur, ces odieuses paroles que la bouche de Lisa avait renvoyées comme un écho au séducteur.

Dans son désespoir, le jeune homme brisait les jeunes branches de chênes, et de rauques exclamations s'échappaient de sa gorge contractée…

Le ton du chant s'éleva, les paroles devinrent plus saisissables ; les mots : Je vous aime ! montèrent jusqu'au taillis, et le baron y mettait tant de feu, tant de sentiment, qu'il était impossible qu'il ne s'adressât pas directement à Lisa.

Tout hors de lui, ne sachant ce qu'il allait faire, Karel s'élança dans le fossé, gravit l'autre bord, et disparut sous l'épais feuillage d'un massif de coudriers qui s'étendait au bord d'une large allée. En se cachant toujours, il se glissa comme une bête fauve à travers le massif, jusqu'à ce qu'il approchât d'un sombre dôme de feuillage. Les branches de deux haies de charmes plantées à peu de distance l'une de l'autre avaient été courbées avec soin, et formaient par leur réunion cette voûte verdoyante. Bien que les derniers rayons du soleil éclairassent encore un côté de cette allée, et semant de points lumineux les feuilles transparentes, les fissent se détacher sur le fond d'un vert plus foncé, il y faisait néanmoins très-sombre.

Le jeune homme traversa l'allée, et s'approcha de la maison, du côté de la salle où se trouvaient le baron et ses convives.

À trois ou quatre pas d'une fenêtre de ce salon s'élevait un massif de seringats dont à coup sûr les fleurs devaient au printemps remplir toute la maison de leur doux parfum. Karel se blottit dans cette retraite, d'où son regard pénétrait directement et sans obstacle dans le salon.

Ah ! comme son cœur battait, comme le sang lui bondissait à la tête ! Il pouvait tout voir, tout entendre, car le vin et la joie avaient haussé les voix.

Il lui sembla qu'on voulait forcer Lisa à faire quelque chose contre son gré. Le baron l'attirait par la main vers le piano avec une douce violence ; son père la poussait avec moins d'égards, et s'écriait à demi fâché :

– Lisa, Lisa, tu vas encore une fois me faire sortir de ma peau avec ton entêtement ! Vas-tu recommencer comme ce matin ? Ces messieurs te prient avec tant d'amabilité de chanter une fois encore cette petite chanson, et tu es assez malhonnête pour refuser ! Il ne faut pas cacher ta voix, fillette, mais bien la faire entendre.

Le baron insista de nouveau ; le baes ordonna avec colère ; Lisa obéit, et commença à chanter avec le baron ; le piano les accompagnait ; Lisa disait :

Ah ! pitié, mon trouble est extrême,
Dites, je vous aime,
Je vous aime !

Le feuillage des seringats frémit comme sous l'effort d'un coup de vent…

Baes Gansendonck avait pour ainsi dire perdu la tête d'orgueil ; son visage rayonnait et était pourpre de contentement ; il se frottait continuellement les mains, et parlait si librement, si hardiment et si souvent, que celui qui ne l'eût pas connu l'aurait sans aucun doute pris pour le propriétaire du château. Debout près du piano, il balançait la tête, frappait de son pied lourd la mesure à contre-temps sur le parquet ciré, et disait de temps en temps à sa fille :

– Plus fort ! Plus vite ! C'est bien ainsi ! Bravo !

Il ne sentait pas qu'Adolphe, son ami, et jusqu'à Victor lui-même, le prenaient pour point de mire de leurs plaisanteries ; il regardait au contraire le rire moqueur des jeunes gens comme une marque d'approbation et d'amitié.

À peine le chant était-il fini qu'Adolphe, qui était assis au piano, promena un instant ses doigts sur le clavier, et commença une valse si sautillante, si entraînante de rhythme et de mélodie, que le baes se sentit excité à danser, et se dressa en effet sur la pointe des pieds comme s'il allait bondir autour de la salle. – Danser ! danser ! s'écria-t-il, notre Lisa le fait avec une telle perfection, qu'on voudrait l'enlever rien qu'à lui voir bouger le pied ! Allons, Lisa, montre un peu ce que tu as appris dans ton pensionnat !

Lisa, qui déjà s'était vue avec chagrin contrainte à chanter, voulut s'éloigner du piano pour éluder cette fois l'ordre de son père ; mais celui-ci la ramena au milieu du salon, et fit un signe d'encouragement au baron.

Celui-ci, en veine de légèreté et de bonne humeur, s'élança, passa le bras autour de la taille de la jeune fille, et l'entraîna de façon à lui faire faire malgré elle cinq ou six pas.

Un cri sourd monta du buisson de seringats, cri lugubre et douloureux comme le dernier soupir d'un lion mourant. À l'intérieur, on était beaucoup trop occupé pour remarquer cette exclamation de douleur.

Comme Lisa se refusait absolument à danser et se laissait traîner de mauvaise grâce, monsieur Van Bruinkasteel dut renoncer à son projet. Il s'excusa poliment auprès de la jeune fille confuse, et ne parut frappé ni de sa visible tristesse ni de son refus. Le jeune freluquet s'amusait ; vraisemblablement il ne voyait en Lisa Gansendonck qu'une charmante et naïve jeune fille qui l'aidait à passer agréablement son temps. Si un sentiment plus vif l'eût porté vers elle, assurément la froideur de la jeune fille l'eût mécontenté ou attristé ; mais il ne parut pas même y faire la moindre attention. Il s'inclina galamment, offrit son bras à Lisa, qui cette fois n'osa le refuser, et dit aux autres :

– Allons faire un tour de promenade au jardin jusqu'à ce que les lumières soient allumées ! Ne trouver pas mauvais, mes amis, que je sois le cavalier de mademoiselle Lisa.

Tous descendirent l'escalier en pierre de taille, et se dirigèrent vers la partie la plus ombragée du jardin. Plusieurs sentiers s'offrirent à eux ; le baron emmena Lisa vers un parc de dahlias ; Adolphe et son compagnon, prirent bientôt un autre chemin. La jeune fille s'aperçut avec surprise, et non sans une certaine anxiété, que son père aussi s'éloignait d'elle ; elle lui jeta un regard suppliant et voulut quitter le baron, mais baes Gansendonck lui ordonna avec une feinte colère de suivre son conducteur, et courut aussitôt vers Adolphe, en riant comme s'il venait de faire une chose admirable. Lisa tremblait ; sa conscience virginale lui criait à haute voix qu'elle faisait mal de s'égarer ainsi seule, bras dessus bras dessous avec le baron, dans les allées solitaires ; mais son cavalier ne lui disait rien d'inconvenant, et là-bas, au bout de l'allée, elle devait infailliblement retrouver son père. N'eût-ce pas été d'ailleurs une grande impolitesse de planter là le baron, et de se sauver comme une paysanne ?

Préoccupée de ces pensées, elle suivait à regret le jeune gentilhomme, auquel elle n'adressait pour réponse que de rares et distraites paroles.

Un instant après, tous disparurent dans les sentiers tortueux du jardin et sous le feuillage des épais massifs de verdure.

L'infortuné Karel, la tête brûlante de fièvre, souffrait un indicible martyre. Vingt fois déjà l'ardent désir de vengeance qui brûlait dans son sein l'avait poussé à s'élancer du buisson de seringats et à anéantir le séducteur ; mais chaque fois l'image de sa mère suppliante se dressait sous ses yeux ; et lui, ballotté entre la vengeance qui l'excitait et les conseils plus calmes de l'amour filial, sentait gronder en lui les voix déchirantes de la douleur et du désespoir. En proie à cette rage comprimée, il haletait de fureur sous les seringats, et son ardente respiration brûlait ses narines dilatées.

Tout à coup la voix caressante du baron retentit de nouveau à quelques pas de lui. Il vit Lisa, muette et le visage attristé, s'avancer au bras du gentilhomme ; ils suivaient le sentier qui longeait le buisson de seringats et conduisait plus loin à la sombre charmille.

À deux pas de l'endroit où Karel, retenant son haleine et en proie à une anxieuse attente, épiait leurs moindres mouvements, Lisa remarqua seulement la sombre entrée de la voûte verdoyante. Elle supplia le baron de rejoindre son père avec elle, et lorsque le jeune homme, pressant plus fortement son bras et se moquant de ses craintes, l'engagea à s'aventurer dans l'allée, elle se prit à trembler comme un roseau et pâlit d'effroi. Le baron parut ne pas s'apercevoir de cette émotion, ou crut peut-être que c'était une terreur simulée. Quoi qu'il en fût, il voulut, tout en plaisantant, entraîner de force la jeune fille vers l'allée, et y réussit jusqu'à un certain point.

– Mon père ! mon père ! dit Lisa en poussant un déchirant cri d'angoisse.

Un autre cri plus terrible encore allait s'échapper de son sein… Mais avant que ses lèvres eussent eu le temps de prononcer un seul mot, deux mains puissantes s'appesantirent sur les épaules du baron, et d'un seul coup le jetèrent sur le sable à trois ou quatre pas de là.

Le baron se releva furieux, arracha le tuteur d'un dahlia et se précipita Vers Karel, qui l'attendait avec un rire où se mêlaient l'égarement et la soif de la vengeance. Le baron porta au jeune homme un tel coup à la tête, que le sang coula le long de ses joues ; ce fût le signal d'une lutte furieuse. Karel saisit son ennemi au milieu des reins, le souleva en l'air, et le jeta comme une pierre sur le sol. Néanmoins le baron se releva, et lutta contre le vigoureux jeune homme jusqu'à ce que celui-ci l'étendit dans le chemin et, le genou sur sa poitrine, lui meurtrit et lui ensanglantât le visage à coups de poing.

Lisa, gémissante et poussant des cris d'alarme, était restée jusqu'au moment où la première goutte dé sang avait frappé son regard ; alors elle avait pris la fuite, et un peu plus loin s'était affaissée sans connaissance sur le gazon.

Cependant ses cris avaient été entendus des autres promeneurs et même des domestiques, et les avaient remplis d'épouvante. Ils accoururent de différents côtés, et arrachèrent le jeune homme du corps du baron.

Adolphe ordonna aux domestiques de bien tenir le brasseur ; ceux-ci l'avaient empoigné à cinq ou six au moins, et lui contenaient les bras, tandis que lui, égaré, contemplait l'adversaire qu'il venait de mettre en si piteux état.

Baes Gansendonck avait couru à sa fille et s'arrachait les cheveux de désespoir, à la terrible idée que son enfant était tuée.

Adolphe et son ami aidèrent le baron à se remettre sur pieds. Son visage et son corps étaient cruellement meurtris. Cependant sa colère se ralluma, et il retrouva des forces en apercevant le brasseur debout devant lui.

– Misérable ! s'écria-t-il, je devrais te faire fouetter jusqu'à la mort par mes domestiques, mais l'échafaud me vengera de toi, assassin par guet-apens ! Qu'on l'enferme dans la cave ; et toi, Étienne, cours chercher les gendarmes !

En exécution de l'ordre de leur maître, les domestiques voulurent entraîner Karel, mais lui, s'apercevant alors seulement de ce qu'on voulait faire de lui, dégagea ses bras par un vigoureux effort, jeta celui qui se trouvait devant lui dans le buisson de seringats, s'élança dans le fossé, et, avant qu'on eût pu le suivre, disparut à tous les yeux au détour d'une sapinière.

VIII

Le lendemain matin, Lisa était assise dans une chambre retirée du Saint-Sébastien, derrière le rideau de mousseline de la fenêtre. L'extrême pâleur de son visage et la rougeur de ses yeux attestaient qu'elle était épuisée à force de pleurer.

Quelque abattue par la douleur que parût Lisa, sa physionomie trahissait cependant une inquiète agitation, et des frissons convulsifs, indice de secrètes émotions, crispaient ses traits. On eût dit qu'une terreur profonde, une anxieuse attente oppressait son cœur ; car de temps en temps elle glissait en tremblant un regard derrière les rideaux, et son œil se fixait sur la rue avec une visible inquiétude jusqu'à ce que quelque passant parût regarder la maison. Bien qu'on ne pût la voir du dehors, elle retirait vivement la tête ; une sorte de honte colorait ses joues d'une vive rougeur, elle baissait les yeux comme pour se soustraire aux regards accusateurs des gens, et demeurait ainsi longtemps dans une complète immobilité ; mais elle finissait toujours par reporter les yeux au dehors avec une vive curiosité et les mêmes angoisses.

Que pouvait-elle attendre ? Elle-même n'en savait rien ; mais la conscience rongeait son cœur comme un ver : l'image de Karel flottait sous ses yeux, et lui criait qu'elle était cause de tous les tourments qui martyrisaient son cœur plein d'amour ; grâce à son imagination effrayée, elle entendait ce que les paysans disaient d'elle ; pour la première fois elle comprenait pleinement qu'elle était perdue de réputation, et que Karel lui-même la repousserait désormais à bon droit. Voilà pourquoi les coups d'œil des passants la faisaient trembler et rougir. Elle lisait sur leurs traits qu'ils parlaient de l'aventure de la veille, et que la raillerie, le mépris et l'irritation accompagnaient leurs paroles. Elle avait même vu quelques paysans tendre vers l'auberge un poing menaçant, comme s'ils eussent juré solennellement de tirer vengeance du déshonneur causé à leur village par les Gansendonck.

Tandis que Lisa épuisait lentement le calice amer de la honte et du remords, Kobe, seul et immobile aussi, était assis auprès du foyer de l'auberge.

Il tenait sa pipe à la main, mais ne fumait pas ; de profondes réflexions, de tristes pensées semblaient l'absorber. Sa physionomie avait une expression tout autre que celle qui lui était habituelle ; c'était un mélange d'amertume, de reproche, voire de hauteur. Ses lèvres se remuaient comme s'il eût parlé, et la flamme de la colère étincelait par moments dans ses yeux.

Soudain il lui parut entendre la voix de baes Gansendonck ; un sourire de pitié contracta sa bouche, mais cette marque de compassion disparut aussitôt, et ses traits ne trahirent plus que l'amertume et le chagrin.

À mesure que le baes approchait de la porte de derrière de l'auberge, le domestique l'entendait grommeler et se répandre en invectives contre des gens qui devaient l'avoir injurié ; mais Kobe ne pouvait comprendre encore contre qui ou contre quoi le baes était monté ; cela parut, en tout cas, lui être fort indifférent, car il ne bougea pas et resta assis sous le manteau de la cheminée.

Le baes entra brusquement dans l'auberge, frappant du pied comme un furieux, et donnant des coups de fourche aux chaises comme si celles-ci l'avaient offensé aussi :

– Cela va trop loin, oui, positivement trop loin ! s'écria-t-il. Un homme comme moi ! Comment, en pleine rue, ils oseront me montrer le poing, me poursuivre de leurs cris, me huer, me traiter de coquin… d'âne !… Pense un peu. Kobe, ne faut-il pas qu'ils soient possédés du diable ? Ces gueux de paysans sortent de la forge, et courent après moi en criant : Au scandale ! au scandale ! Si je n'avais craint de me salir les mains en touchant cette canaille, je crois que j'eusse avec ma fourche cassé la tête à une demi-douzaine. Mais Sus paiera pour tous ces vauriens ? Je lui apprendrai à jeter de la boue à baes. Gansendonck ! Nous verrons comment cela finira. Dussé-je y perdre la moitié de mon bien, il faut une expiation terrible. Les gendarmes s'en mêleront ; et si quelqu'un ose encore me faire mauvaise mine, je fais comparaître la moitié du village devant le tribunal. J'ai assez d'argent pour cela, et monsieur Van Bruinkasteel, qui est l'ami du procureur du roi, fera bien en sorte qu'ils soient mis à l'ombre pour quelques mois. Ils verront alors et sauront à qui ils ont affaire, les impudents coquins. Il faut une fin à tout cela, et puisqu'ils ont osé me provoquer si insolemment, je serai sans pitié aussi, et leur ferai sentir ce que peut baes Gansendonck ! Non, c'en est fait, plus de grâce !

À Coup sûr, le baes eût continué longtemps encore d'exhaler sa rage sur ce ton, si l'haleine ne lui eût fait défaut. Tout haletant, il se laissa tomber sur une chaise, et son œil s'arrêta avec colère et surprise sur le domestique qui, avec la plus complète indifférence, regardait le feu comme s'il n'eût rien entendu ; ses traits n'exprimaient pas autre chose que la tristesse.

– Qu'as-tu encore à regarder là comme un imbécile qui ne sait pas compter jusqu'à trois ? Ta vie de paresse te gâte, Kobe ; je ne sais, mais tu deviens indolent et mou comme un véritable porc. Cela me déplaît ; j'entends que mon domestique soit vif et décidé, et ne demeure pas froid quand je suis fâché.

Kobe contempla son maître avec un douloureux sourire de pitié.

– Ah ! tu as encore mal au ventre ! s'écria le baes ; ça commence à me lasser. T'imagines-tu que le Saint-Sébastien soit un hôpital ? Je ne veux pas que tu aies mal au ventre ! Tu n'as qu'à manger un peu moins, avide glouton que tu es ! Allons, parleras-tu, oui ou non ?

– Je parlerais bien volontiers, répondit Kobe, si je ne savais qu'au premier mot vous me fermeriez la bouche pour faire une sortie et chanter votre éternelle litanie.

– Quel ton prends-tu là ? Dis tout net que je suis un assommant bavard : ne te gêne pas, Kobe ; ils tombent tous sur le corps de baes Gansendonck, Pourquoi ne jetterais-tu pas aussi la pierre à celui qui te donne à manger ?

– Voyez-vous bien ? dit Kobe en souriant tristement ; je n'ai pas dit deux mots, et vous voilà lancé à califourchon sur votre dada ! Je me garderais bien de vous dire une parole offensante, mais reconnaissez avec moi, baes, que bien leste serait l'araignée qui filerait sa toile sur votre bouche…

– Je suis le maître, je puis parler seul aussi longtemps qu'il me plaît.

– En effet, baes ; permettez-moi donc de me taire, dussé-je en suffoquer.

– Te taire ? non, je ne le veux pas : tu parleras ; je suis curieux de voir ce qui peut sortir de bon d'une sotte tête comme la tienne.

– Les eaux tranquilles sont les plus profondes, baes.

– Allons, parle, mais pas trop longtemps. Et surtout n'oublie pas que je ne paie pas mon domestique pour en recevoir des leçons.

– Il y a un proverbe, baes, qui dit : Le sage va consulter le fou, et y trouve la vérité.

– Eh bien, dis-moi ce que le fou a à conseiller au sage. Si tu veux parler raisonnablement, je t'écouterai bien un peu.

Le domestique se tourna avec sa chaise vers son maître, et dit d'un ton net et résolu :

– Baes, il se passe ici depuis deux mois des choses que même un lourd domestique ne peut voir sans que parfois le sang lui bouille d'impatience.

– Je le crois bien, mais cela ne durera pas longtemps ; les gendarmes ne sont pas payés pour attraper des mouches.

– Quant à ce qui me regarde, baes, je suis paresseux, je l'avoue ; mais pourtant le cœur est encore bon. Je ferais beaucoup pour sauver notre brave Lisa du malheur si cela était en mon pouvoir ; et je n'oublie pas non plus, baes, que, malgré vos emportements, vous êtes au fond bon pour moi.

– C'est vrai, Kobe, dit le baes ému, j'entends avec plaisir que tu es reconnaissant envers moi ; mais où veux-tu en venir avec ce ton sérieux ?

– Ne me faites pas atteler le chariot devant les chevaux, baes : je toucherai assez tôt la corde sensible.

– Sois court ou je me sauve ; tu me feras mourir à barguigner ainsi !

– Eh bien, écoutez-moi un instant seulement, Lisa était depuis longtemps promise en mariage à Karel, qui est un bon garçon, bien qu'il ait commis une imprudence…

– Un bon garçon ? s'écria le baes. Comment ! tu l'appelles bon garçon, lui qui, comme un assassin, vient attaquer et battre comme plâtre monsieur Van Bruinkasteel dans son propre château ?

– Le meilleur cheval bronche parfois.

– Ah ! tu appelles cela broncher ? ah ! c'est un bon garçon ? Tu paieras cher ce mot-là. Ton pain blanc est mangé ; tu quitteras la maison aujourd'hui même.

– Mon paquet est déjà fait, baes, répondit Kobe froidement ; mais avant que je parte vous entendrez ce que j'ai sur le cœur. Vous l'entendrez, dussé-je pour cela vous poursuivre dans la campagne, dans la rue, dans votre chambre. C'est mon devoir, et la seule reconnaissance que je puisse vous témoigner. Que vous me renvoyiez, cela ne me surprend pas ; qui dit la vérité nulle part n'est hébergé.

Baes Gansendonck trépignait d'impatience, mais ne disait plus mot ; le ton grave et décidé de son domestique le troublait et le dominait.

– Notre Lisa, poursuivit Kobe, eût été heureuse avec Karel ; mais vous, baes, vous avez amené le renard dans votre poulailler ; vous avez attiré chez vous un jeune fat, vous l'avez excité à remplir les oreilles de votre fille de fades compliments, à lui parler d'un amour feint, à lui chanter des choses contraires à toute modestie…

– Ce n'est pas vrai ! grommela le baes.

– Vous avez voulu qu'il parlât français à votre fille. Pouviez-vous comprendre ce qu'il disait, vous qui n'en savez pas un mot ?

– Et toi, vaurien, le comprends-tu, toi qui en parles si résolûment ?

– J'en comprends assez, baes pour m'être aperçu que le diable de la volupté et de la tromperie était en jeu. Quelle a été la suite de votre imprévoyance ? Faut-il vous le dire ? L'honneur de votre fille est souillé, non pas sans rémission, mais il l'est assez dans l'opinion des gens pour qu'il ne puisse jamais reprendre sa pureté première ; Karel, le seul homme qui l'aimât véritablement et qui pût la rendre heureuse, dépérit consumé par le désespoir ; sa mère est au lit malade du chagrin de son unique enfant ; vous, baes, vous êtes haï et méprisé par chacun. On dit que vous serez la cause de la mort de Karel, du déshonneur de votre fille, de votre propre malheur.

– Oui, quand on veut tuer un chien, on dit qu'il est enragé ; mais ils n'ont à se mêler en rien de mes affaires ! cria le baes avec colère ; cela ne les regarde pas, je fais ce qui me plaît ! Et toi, insolent maraud, je t'apprendrai aussi à mettre le nez dans ce qui ne te regarde pas.

– Cela m'est parfaitement égal que mes paroles vous plaisent ou non, baes, répondit Kobe ; ce sont les dernières que je prononcerai au Saint-Sébastien.

Il fallait que baes Gansendonck, malgré ses menaces, tînt infiniment à son domestique et craignît de le voir partir ; car chaque fois que celui-ci annonçait froidement qu'il était résolu à quitter son service, la colère du baes s'apaisait, et il prêtait complaisamment l'oreille à la parole du domestique. Kobe reprit :

– Maintenant, que peut-il en résulter ? N'est-ce pas le cas de dire avec le proverbe : Tant va la cruche à l'eau qu'à la fin elle se brise ? Non, la pudique retenue naturelle à votre fille vous sauvera d'un plus grand déshonneur : mais le baron se lassera de la société de Lisa, et cherchera d'autres distractions… Lisa sera plantée là ; tous ceux qui pensent bien la fuiront ; le monde vous raillera et se réjouira de votre honteuse déception…

– Mais, Kobe, qui peut s'arranger de façon à contenter tout le monde ? Celui qui bâtit à la rue ne manque pas de critiques. Je ne comprends pas ta folie ; ne saurais-tu pas ce qui est en jeu ? Le baron épousera Lisa. Il n'y a pas à en douter ; assurément c'est assez visible. Et alors les mauvaises langues du village, et toi avec, vous ouvrirez de grands yeux comme une bande de hiboux au soleil. Si je n'étais sûr de cela, il y aurait peut-être quelque chose à redire ; mais, alors même, personne n'aurait à s'en mêler. Je suis maître chez moi !

– Vraiment ! le baron va épouser Lisa ? Alors tout est pour le mieux, et vous pouvez planter un beau plumet sur votre chapeau, baes ; mais prendre chose désirée pour chose faite n'est pas rare. Puis-je vous faire une question, baes ?

– Eh bien ?

– Le baron vous a-t-il parlé de ce mariage ?

– Cela n'est pas nécessaire.

– Ah ! vous l'avez alors sans doute interrogé sur ses intentions ?

– Cela n'est pas nécessaire non plus.

– Le baron en a-t-il parlé à Lisa ?

– Quel enfantillage dis-tu là, Kobe ? Il ira sans doute demander l'assentiment de Lisa, sans savoir si moi, qui suis seul maître, je consens au mariage ? Les choses ne se passent pas ainsi !

– Non ! Mais le baron s'est moqué de vous et de votre fille quand le docteur lui a demandé, au cimetière, en présence de dix personnes au moins, si vraiment il voulait épouser Lisa.

– Que dis-tu là ? monsieur Van Bruinkasteel s'est moqué de moi ?

– Il a demandé au docteur s'il s'imaginait qu'un baron comme lui pût épouser la fille d'un aubergiste de village ; et comme on lui disait que vous-même aviez déjà consulté le notaire sur les conditions du contrat, il s'est écrié : Lisa est une brave fille, mais son père est un vieux fou qui devrait être à Gheel depuis longtemps.

Ces dernières paroles firent bondir le baes de colère, comme si on venait de lui marcher sur le pied.

– Qu'oses-tu dire ? cria-t-il d'une voix menaçante ; je devrais être à Gheel ! Que te prend-il ? Perds-tu l'esprit, insolent ? Ah ! c'est bien vrai : chien enragé mord jusqu'à son maître !

– Je vous répète ce qu'une dizaine de personnes assurent avoir entendu. Vous êtes libre de ne pas le croire si vous voulez : à quoi bon…

– Oui, oui, achève : à quoi bon des lunettes au hibou qui ne veut pas voir ! Je ne sais comment il se fait que je ne t'empoigne pas par les épaules et ne te flanque pas à la porte.

– À quoi bon la lumière pour qui ferme les yeux ? poursuivit Kobe. Le baron s'est moqué de vos espérances en d'autres circonstances encore…

– Non, non, ce que tu vas dire n'est pas vrai : ce ne peut pas être vrai. Tu ajoutes foi aux calomnies de gens envieux qui crèvent de rage de ce que j'ai plus d'argent qu'eux, et de ce qu'ils prévoient bien que Lisa sera une grande dame, en dépit de ceux qui sont jaloux d'elle.

– Quand l'aveugle rêve qu'il voit, il voit ce qui lui plaît, dit Kobe en soupirant. S'il n'y a pas d'onguent qui guérisse votre blessure, je n'y puis rien non plus, et je dis avec le proverbe : chacun fait sa soupe comme il veut la manger ; suivez votre goût, et faites le mariage demain.

– Inventions de méchants envieux, et rien de plus !

– Le docteur ne vous porte pas envie, baes ; c'est un homme grave et prudent, qui seul peut-être de tout le village est resté votre ami. Lui-même m'a engagé à vous mettre, bon gré malgré vous, le danger sous les yeux.

– Mais le docteur est trompé, Kobe ; on lui a fait accroire des faussetés. Il ne peut en être autrement, te dis-je. Ce serait beau que le baron n'épousât pas Lisa !

– Il ne faut pas compter sur le poulet à naître de l'œuf qui n'est pas pondu, baes.

– J'en suis aussi certain que du nom de mon père.

– Vous n'êtes pas encore en selle et vous galopez déjà. Je vous dis, baes, que le baron se moque de vous, vous tourne en ridicule et vous traite de fou ; je vous dis que vous êtes aveugle, que je vous plains, vous et Lisa ; et que demain matin je pars d'ici pour ne pas voir la triste fin de cette malheureuse affaire. Et si vous voulez me prêter l'oreille, baes, pour adieu je vous donnerai un conseil, un conseil qui vaut de l'or.

– Pour adieu ? Voyons ! parle, quel est ce précieux conseil ?

– Voyez-vous, baes, qui est trop crédule est facilement dupé. Si j'étais à votre place, je voudrais savoir aujourd'hui ce qui en est ; j'irais au pavillon de chasse, et demanderais hardiment à monsieur Van Bruinkasteel quelles sont ses idées au sujet de Lisa. De belles paroles et des compliments en l'air ne me séduiraient pas ; tous mes discours finiraient par cette question : épousez-vous ou n'épousez-vous pas ? Je le forcerais à jouer cartes sur table et à me donner une fois pour toutes une réponse claire et décisive. S'il refusait, comme c'est probable, je lui défendais d'adresser désormais la parole à Lisa ; je remettrais très-vite la barrière à l'ancien poteau, je m'excuserais près de Karel, je le rappellerais et hâterais son mariage avec Lisa. C'est là l'unique moyen qui vous reste d'éviter un grand malheur et le déshonneur.

– Eh bien, si monsieur Van Bruinkasteel ne vient pas bientôt me parler lui-même de son mariage, j'oserai l'interroger à ce sujet ; mais ça ne presse pas.

– Ça ne presse pas, baes ? De la main à la bouche, la bouillie tombe à terre. Il faut que vous sachiez aujourd'hui même ce que le baron porte dans sa manche.

– Allons, allons, s'écria le baes, j'irai cette après-dînée au pavillon de chasse : je demanderai au baron qu'il s'explique nettement ; mais je sais d'avance ce qu'il va répondre.

– Je désirerais bien que vous pussiez dire vrai, baes ; mais je crains bien que vous ne soyez mal étrenné.

– Comment ? que je pusse dire la vérité ?

– Ou que vous disiez vrai cette fois-ci.

– C'est le monde renversé, soupira le baes avec une douloureuse impatience ; le domestique fait la leçon au maître... et il faut que j'avale cela ! Jouez avec un âne, il vous sangle le visage de sa queue. Mais attends un peu, je serai bientôt vengé ; dès cette après-dînée, je vais au pavillon ; et que diras-tu, insolent maraud, quand je reviendrai avec la déclaration du baron qu'il entend épouser Lisa ?

– Que vous avez seul du bon sens, baes, et que tous les autres, moi compris, sont de grands imbéciles. Mais que direz-vous, baes, si monsieur Van Bruinkasteel se moque de vous ?

– Cela ne se peut, te dis-je !

– Oui, mais enfin si cela était ?

– Si ! si ! si le ciel tombait nous serions tous morts.

– Je répète ma question, baes : si le baron vous éconduit en se moquant de vous ?

– Ah ! baron ou non, je lui montrerai qui je suis, et...

Un affreux cri de détresse, un cri perçant d'angoisse arrêta la parole sur ses lèvres.

Tous deux bondirent, émus et effrayés, et coururent vers la chambre où se trouvait Lisa.

La jeune fille était debout près de la fenêtre et regardait dans la rue. Ce qu'elle voyait devait être terrible, ses lèvres se contractaient convulsivement sur ses dents serrées ; ses yeux tout grands ouverts semblaient sortis de l'orbite, et un frisson d'effroi parcourait ses membres. À peine baes Gansendonck était-il au milieu de la chambre qu'un nouveau cri aussi déchirant que le premier retentit ; – Lisa leva les deux mains au ciel et tomba lourdement à la renverse sur le plancher.

Le baes se jeta à genoux à côté d'elle en se lamentant.

Kobe courut à la fenêtre et jeta un regard au dehors. Il pâlit et se mit à trembler aussi ; les larmes jaillirent de ses yeux ; ce qu'il vit le frappa d'une telle stupeur qu'il ne prêta aucune attention aux cris par lesquels baes Gansendonck demandait du secours.

Dans la rue, devant la porte même de l'auberge, Karel, les mains liées derrière le dos, suivait entre deux gendarmes le chemin de la ville ; une vieille femme se traînait en gémissant derrière lui et arrosait de larmes brûlantes la trace des pas de son malheureux fils. Le forgeron Sus s'arrachait les cheveux et était à demi fou de colère et de douleur. Beaucoup, de paysans et de paysannes suivaient la tête basse, la physionomie attristée. Plus d'un tablier essuyait une larme de pitié. On eût dit un convoi funèbre escortant jusqu'à la tombe un mort bien-aimé.

IX

À peine baes Gansendonck eut-il fini de dîner que, suivant le conseil de son domestique, il se mit en route pour aller interroger le baron sur ses projets. Ne voulant pas passer devant la forge, il sortit par la porte de derrière de l'auberge, et prit un sentier qui devait le conduire, à travers des sapinières et des champs déserts, au pavillon de chasse de monsieur Van Bruinkasteel.

La physionomie de baes Gansendonck n'exprimait nullement la tristesse, bien que depuis le matin sa fille fût au lit en proie à une violente fièvre nerveuse ; au contraire, une certaine satisfaction rayonnait sur son visage, et de temps en temps il souriait d'un sourire aussi ouvert et aussi triomphant que s'il se fût réjoui d'une victoire remportée. À la mobilité de ses traits et aux expressions diverses qui s'y succédaient, on pouvait s'apercevoir que tout en marchant, il se berçait de rêves agréables et s'abandonnait complaisamment au cours des espérances et des illusions. Depuis quelque temps déjà il murmurait en lui-même, et des gestes trahissaient seuls la préoccupation de son âme. Mais peu à peu les séduisantes contemplations auxquelles il s'abandonnait l'entraînèrent si loin que sa voix s'éleva de plus en plus, et bientôt il dit tout haut :

– Ah ! ils se liguent tous contre moi et ils s'imaginent que je reculerai d'un pas devant leurs stupides criailleries ? Baes Gansendonck saura montrer ce qu'il est et ce qu'il peut ! Un autre dirait : mieux vaut des amis que des ennemis, mais je dis, moi : mieux vaut être envié que plaint, et celui qui compte trop d'amis est le jouet de tout le monde. Le baron n'épouserait pas Lisa ?... Et aujourd'hui même il a envoyé deux fois son domestique prendre des nouvelles de ma santé ! Quand j'y réfléchis bien il n'y a pas à en douter. Ne » m'a-t-il pas dit lui-même que Lisa est beaucoup trop bonne et trop instruite pour devenir la femme d'un grossier brasseur ? N'a-t-il pas ajouté : Elle fera un meilleur mariage et rendra heureux quelqu'un qui saura la comprendre. Il me semble que c'est suffisamment clair. Ces insolents paysans croient-ils qu'un baron y va comme eux, et dit tout net : Trine, voulons-nous nous marier ? Non, cela ne se passe pas ainsi. Ah ! monsieur Van Bruinkasteel refuserait d'épouser Lisa ? Je gage cinq bonniers de terre qu'il me saute au cou dès que j'en ouvre la bouche. Monsieur Van Bruinkasteel n'épouserait pas Lisa ? Ne pas l'épouser ? Comme si je n'avais pas remarqué pourquoi il me témoignait toujours tant d'amitié et me frottait la manche tellement que tout le monde pouvait s'en apercevoir. C'était monsieur Gansendonck par-ci, monsieur Gansendonck par-là ; des lièvres qu'il envoyait, les perdreaux qu'il apportait lui-même. Et Lisa ne mange pas de gibier... Ainsi, c'est à moi qu'il voulait faire plaisir. Pourquoi ? Assurément ce n'est pas pour mes beaux yeux. Non, non, il nettoyait le chemin parce qu'il voulait risquer le grand pas. Je lui faciliterai la chose ; il n'en sera pas peu satisfait...

Baes Gansendonck se frotta les mains avec une joyeuse satisfaction et se tut quelques instants pour mieux savourer sans doute la douceur des séduisantes convictions auxquelles il s'arrêtait. Un peu plus loin, il éclata de rire tout à coup, et reprit :

– Ah ! ah ! il me semble les voir tous au village avec des nez aussi longs que ma fourche. Voilà le baron qui s'en va donnant le bras à Lisa ; ils sont si bien habillés que les paysans en sont forcés de fermer leurs yeux éblouis ; quatre domestiques, avec des galons d'or et d'argent au chapeau, les suivent ; la voiture à quatre chevaux suit ; moi, Pierre Gansendonck, je marche à côté de monsieur Van Bruinkasteel, je porte la tête haute, et je regarde ces langues de vipère et ces envieux, comme le beau-père d'un baron peut et doit regarder cette stupide canaille de paysans. Nous arrivons à l'église ; là il y a des tapis et des coussins ; on sème des fleurs sous nos pas ; l'orgue joue que les vitres en tremblent ; le oui est prononcé devant l'autel… et Lisa part en poste avec son mari, à travers le village, tellement que les pavés font feu, tout droit pour Paris… Le lendemain, vingt paysans au moins sont au lit, malades de dépit et d'envie. Entre temps je vends ou je loue le Saint-Sébastien, et lorsque mon gendre et ma fille viennent, je pars avec eux pour un grand château ! Baes Gansendonck, c'est-à-dire, monsieur Gansendonck a mis ses moutons à sec ; il ne fait plus que donner des ordres, manger, chasser, monter à cheval… Mais en songeant à toutes ces belles choses, j'ai manqué me cogner le nez contre la porte du pavillon…

Ce disant, le baes tira le cordon de la sonnette :

Après un instant d'attente, un domestique ouvrit la porte :

– Ah ! bonjour, baes ; vous venez sans doute rendre visite à monsieur le baron ?

– En effet, gaillard, répondit le baes d'un air hautain.

– Il n'est pas à la maison.

– Comment, il n'est pas à la maison ?

– C'est-à-dire il n'est pas visible.

– Pas visible pour moi ? Ce serait du beau ! Il est au lit peut-être ?

– Non, mais il ne veut recevoir personne : vous pensez bien pourquoi. Un œil bleu et le visage plein d'égratignures…

– Cela ne fait rien. Il ne faut pas qu'il cache son visage pour moi ; je suis avec monsieur le baron sur un pied de familiarité telle que je pourrais lui parler, quand même il serait au lit… Et j'entre, parbleu ; sa défense ne me regarde pas.

– Entrez donc ! dit le domestique avec un malin sourire ; suivez-moi ; j'annoncerai votre visite.

– Ce n'est pas nécessaire, grommela le baes ; entre nous les compliments sont de trop.

Mais le domestique le conduisit dans une petite antichambre et le força, malgré sa résistance, à s'asseoir pour attendre la réponse du baron.

Déjà plus d'une demi-heure s'était écoulée, et le domestique n'était pas de retour. Le baes commença à s'ennuyer terriblement, et il murmura à part lui :

– Ce domestique s'imagine aussi se moquer de moi. C'est bon ; je le noterai sur mon calepin. Il ne gagnera pas de cheveux gris à notre service. Il faut qu'il décampe ! Ça lui apprendra… Mais j'écoute à me rendre sourd, et je n'entends pas bouger un brin de paille dans le pavillon. Le domestique aurait-il oublié qu'il m'a fait attendre ici ? Non, il n'oserait cependant pousser aussi loin l'impudence. En tout cas, je ne puis rester assis ici jusqu'à demain. Allons, je vais un peu voir… Ah ! j'entends le maraud, il rit ! De qui donc peut-il rire ?

– Baes Gansendonck, dit le domestique, veuillez me suivre : monsieur le baron a la bonté de vous recevoir ; mais ce n'est pas sans peine. Sans mon intervention, vous retourneriez chez vous comme vous en êtes venu.

– Eh, eh, que me radotes-tu là, insolent ? s'écria le baes en colère ; sache à qui tu parles : je suis monsieur Gansendonck !

– Et moi je suis Jacques Miermans pour vous servir, répondit le domestique avec un sang-froid bouffon.

– Je te retrouverai, maraud, dit le baes en montant l'escalier ; tu sauras ce qu'il t'en coûtera pour m'avoir fait attendre toute une demi-heure dans ce cabinet. Fais bien vite ton paquet ; tu ne te moqueras plus longtemps ici de gens comme moi.

Le domestique, sans répondre à cette menace, ouvrit la porte d'un salon et annonça à haute voix :

– Le baes du Saint-Sébastien ! après quoi il planta là le baes Gansendonck irrité, et redescendit rapidement les escaliers.

Monsieur Van Bruinkasteel était assis au fond du salon, le coude appuyé sur une table. Son œil gauche était couvert d'un bandeau ; son front et ses joues portaient les marques de sa lutte avec le brasseur.

Mais ce qui attira bien plus que cela l'attention de baes Gansendonck à son entrée ; ce fut la magnifique robe de chambre turque du baron. Les couleurs vives et bigarrées de ce vêtement éblouirent ses yeux, et ce fut avec un sourire d'admiration qu'il s'écria, même avant d'avoir salué le baron :

– Vertudieu, monsieur le baron, quelle belle robe de chambre vous avez là !

– Bonjour, monsieur Gansendonck, dit le baron sans faire attention à l'exclamation ; vous venez sans doute vous informer comment je vais ? Je vous remercie de cette amicale attention.

– Ne le prenez pas en mauvaise part, monsieur le baron ; mais avant de vous demander des nouvelles de votre santé, je voudrais bien savoir où vous avez fait faire cette robe de chambre ? Elle me donne vraiment dans l'œil !

– Ne me faites pas rire, monsieur Gansendonck, cela me fait mal aux joues.

– Ce n'est pas pour rire ; non, non, c'est sérieusement que je parle.

– Singulière demande ! j'ai acheté cette robe de chambre à Paris.

– À Paris ! c'est dommage, baron.

– Pourquoi donc ?

– Je m'en serais volontiers fait faire une pareille.

– Elle coûte près de deux cents francs !

– Ah ! je ne regarde pas à cela.

– Elle ne vous irait pas, monsieur Gansendonck.

– Elle ne m'irait pas ? Si je puis la payer, elle doit bien m'aller ? Mais laissons cela. Franchement, comment va la santé, monsieur Van Bruinkasteel ?

– Vous voyez : un œil bleu et le corps couvert de contusions.

– Le coquin a tout de même été empoigné par les gendarmes et conduit à la ville. Vous lui ferez sans doute payer comme il faut son impudente brutalité ?

– Assurément, il faut qu'il soit puni ; il m'a attendu avec préméditation et assailli dans ma propre demeure. La loi traite sévèrement de pareils actes. Pourtant je n'aimerais pas qu'on jugeât l'affaire d'après la lettre de la loi, car dans ce cas il en aurait pour cinq ans au moins. Sa vieille mère est venue ce matin me prier et me supplier ; j'ai pitié de la pauvre femme…

– Pitié ! s'écria le baes avec colère et surprise : pitié de ces coquins-là ?

– Si le fils est un vaurien, qu'est-ce que la malheureuse mère y peut ?

– Elle n'avait qu'à mieux élever son fils. Cette brute canaille n'aura que ce qu'elle mérite. Et que s'aviseraient de penser les paysans s'ils pouvaient traiter des gens tels que nous comme si nous étions leurs égaux ? Non, non, il faut maintenir la crainte, le respect, la soumission : ils portent déjà la tête beaucoup trop haut. Si j'étais à votre place, je ne regarderais pas à l'argent pour donner une rude leçon au brasseur et à tout le village avec lui.

– C'est là mon affaire.

– Sans doute, je le sais bien, baron ; chacun est maître de ce qui le regarde.

La tournure de l'entretien déplaisait apparemment au baron, car il détourna la tête et demeura quelques instants sans mot dire. Le baes qui, de son côté, ne savait que dire non plus, parcourait la chambre d'un œil distrait et s'efforçait de trouver un moyen d'aborder la question du mariage de sa fille. Il remuait les pieds, toussait de temps en temps, mais son esprit ne lui fournissait rien.

– Et notre pauvre Lisa ? dit enfin le baron ; le spectacle de l'arrestation du brasseur a dû lui causer une terrible émotion. Je conçois cela ; elle l'aime depuis son enfance.

Le baes parut s'éveiller brusquement aussitôt que le nom de Lisa, prononcé par le baron, vint frapper son oreille. Voilà, pensa-t-il, le chemin singulièrement préparé. Pour en venir à son but, il répondit en souriant :

– Elle l'aime, croyez-vous, baron ? Non, non ! C'était autrefois une amourette, comme on dit ; mais c'est fini depuis longtemps ; j'y ai mis le holà, et j'ai mis le brasseur à la porte. Pensez un peu, baron, ce lourd tonneau de bière eût volontiers épousé ma Lisa !

– Il en est d'autres, baes, qui pourraient bien avoir le même goût.

Un éclair de joie brilla dans l'œil du baes ; il bondit sur son fauteuil, et dit avec un rire qui avait la prétention d'être malin :

– Ah ! ah ! Je sais cela depuis longtemps ; l'homme d'esprit devine où est la vache dès qu'il en voit la queue.

– La comparaison est jolie.

– N'est-ce pas ? Aussi y a-t-il longtemps que nous y voyons clair, baron. Mais prenons le taureau par les cornes ; aussi bien les détours ne sont plus nécessaires entre nous.

Le baron regarda le baes avec un sourire aussitôt réprimé.

— Ainsi, monsieur le baron pense sérieusement au mariage ? demanda Gansendonck triomphant.

— Comment savez-vous cela ? Je l'ai caché même à mes amis.

— Je sais tout, baron ; j'ai plus de ressources dans mon bissac que vous ne croyez.

— En effet, vous devez être devin, ou vous avez du bonheur dans vos suppositions. Quoi qu'il en soit, vous frappez sur la tête du clou.

— Abrégeons quant au reste alors, dit le baes en se frottant les mains ; allons, je fais un sacrifice : je donne à ma Lisa trente mille francs de dot en argent et biens fonds. Elle en aura trente mille autres à ma mort. Nous vendrons l'auberge pour ne plus avoir de rapports avec ces grossiers paysans… et je viendrai demeurer avec vous dans votre château. De cette manière, vous recevrez les soixante mille francs dès le premier jour.

En disant ces mots, il se leva, tendit la main au baron et s'écria :

— Vous voyez que je ne fais pas beaucoup de difficultés. Allons, monsieur Van Bruinkasteel, topez sur ce mariage… Pourquoi donc retirez-vous votre main ?

— Sur ce mariage ? sur quel mariage ? demanda le baron.

— Allons, allons, serrez la main de votre beau-père, et dans quinze jours le premier ban sera publié… Pas de timidité, baron ; nous ne sommes plus des enfants : la main ! la main !

Le baron partit d'un long éclat de rire ; la surprise et l'anxiété se peignirent sur le visage de baes Gansendonck.

– Pourquoi riez-vous, monsieur Van Bruinkasteel ? demanda-t-il tout interdit ; est-ce de joie par hasard ?

– Ah ça ! monsieur Gansendonck, s'écria le baron dès qu'il fut maître de son rite, avez-vous perdu le sens commun, ou qu'est-ce qui vous prend ?

– N'avez-vous pas dit vous-même que vous alliez vous marier ?

– Sans doute, avec une jeune demoiselle dé Paris. Elle n'est pas aussi jolie que votre Lisa ; mais elle est comtesse et porte un nom antique et renommé.

Un frisson fit tressaillir le baes des pieds à la tête ; il dit avec une figure suppliante :

– Monsieur le baron, mettons toute plaisanterie à part, s'il vous plaît. C'est bien ma Lisa que vous voulez épouser, n'est-ce pas ? Je sais que vous aimez à rire, et je n'ai rien à y redire si cela peut vous faire plaisir ; mais songez-y un peu bien, baron : des filles comme notre Lisa il n'y en a pas par douzaines ; belle comme une fleur des champs, instruite, bien élevée, d'une famille respectable, trente mille francs dans la main et autant à attendre ! Ce n'est pas là une affaire pour rire et je ne sais si une comtesse offre toujours autant d'avantages. Une bonne occasion s'envole comme les cigognes sur la mer, et Dieu sait quand elle revient.

– Pauvre Gansendonck, dit le baron, je vous plains ; vous n'avez vraiment pas vos cinq sens ; il y a quelque chose de détraqué dans votre cerveau.

– Comment ? comment ? s'écria le baes avec irritation. Mais je me contiendrai ; c'est peut-être pour rire. Il faut cependant que notre malentendu ait une fin. Je pose nettement la question, monsieur Van Bruinkasteel : voulez-vous épouser ma fille, oui ou non ? Je vous en prie, donnez-moi une réponse claire et nette.

– Il m'est aussi possible d'épouser Lisa, baes, qu'à vous d'épouser l'étoile du berger.

– Et pourquoi cela ? s'écria le baes en colère ; seriez-vous donc trop fier pour vouloir de nous ? Les Gansendonck sont des gens honorables, monsieur, et ils ont mainte belle pièce de terre sous le ciel bleu ! Bref, épousez-vous ma fille, oui ou non ?

– Votre demande est ridicule : cependant je veux bien y répondre. Non, je n'épouserai pas Lisa, ni aujourd'hui, ni demain, ni jamais ! Et laissez-moi en paix avec vos folles lubies.

Tremblant de rage et rouge comme un coq, de honte et de dépit, le baes frappa violemment du pied sur le tapis ; et s'éprit :

– Ah ! ma demande est ridicule ! je suis un fou ! vous ne voulez pas épouser Lisa ! Nous verrons ça ! La loi est là pour tout le monde, aussi bien pour moi que pour un baron. Dussé-je dépenser la moitié de mon bien, je saurai bien vous y contraindre. Quoi ! vous pénétrerez chez moi grâce à une foule de ruses hypocrites, vous ferez accroire à ma fille un tas de faussetés, vous compromettrez sa bonne renommée, vous vous moquerez de moi… et puis vous oserez dire : Je ne m'en soucie pas, je vais épouser une comtesse ! Les choses ne vont pas ainsi ; baron… On n'y va pas si légèrement avec baes Gansendonck. Après ce qui est arrivé hier, vous ne pouvez plus refuser ; vous devez réparer l'honneur de ma fille, ou je vous fais paraître devant le tribunal, et je vous poursuivrai jusqu'à Bruxelles. Vous épouserez ! Et si vous ne me donnez pas dès maintenant votre consentement, je vous défends de mettre encore le pied chez moi, entendez-vous !

Pendant cette sortie, le baron avait regardé le baes avec un tranquille sourire de pitié et avec un grand sang-froid ; seulement, à la fin de la tirade menaçante, une certaine rougeur parut sur son visage, indice que l'indignation ou la colère cherchaient à le faire sortir de son calme.

– Monsieur Gansendonck, pour me respecter moi-même, je devrais tirer ce cordon de sonnette et vous faire conduire hors du château par mes domestiques ; mais j'ai vraiment pitié de votre démence. Puisque vous le voulez, je vais une fois pour toutes répondre clairement et nettement à tout ce que vous avez dit et à tout ce que vous pourriez dire encore. Il y a en ceci une leçon pour vous et une pour moi. Nous ferions bien de la mettre à profit tous deux.

– Je veux savoir, s'écria le baes, si vous épousez Lisa, oui ou non ?

– N'avez-vous pas d'oreilles, que vous me demandez si souvent la même chose ! Écoutez, monsieur Gansendonck, ce que je vais vous dire, et ne m'interrompez pas, sinon mes valets viendront mettre fin à notre ridicule entretien.

– J'écoute, j'écoute, grommela le baes en grinçant des dents ; quand je devrais en mourir, je me tairai, pourvu que j'aie mon tour après.

Le baron commença.

– Vous me reprochez de m'être introduit chez vous, et cependant vous savez bien vous-même que c'est vous qui m'avez engagé à y venir, et qui m'avez excité à faire la connaissance de votre fille. Qu'ai-je donc fait chez vous qui ne l'ait été avec votre assentiment ? Rien. Au contraire, vous trouviez toujours que je n'étais pas assez familier avec votre fille. Et maintenant vous venez prétendre que je dois l'épouser ! Ainsi c'était un piège que vous me tendiez, et vous m'attiriez avec des vues cachées. Jugez vous-même si je dois oui ou non condamner de semblables moyens et d'aussi présomptueux projets. Je venais auprès de Lisa parce que sa société m'était agréable, et qu'un loyal sentiment d'amitié m'attirait vers elle. Si cette liaison, par laquelle je pensais vous honorer, a eu pour nous tous un triste résultat, cela vient uniquement de ce que nous n'avons pas pris garde au proverbe : Hante qui te ressemble. Nous avons tous deux agi sans consulter la raison, et tous deux nous en sommes punis. J'ai été, à ma grande honte, presque assommé par un paysan ; vous êtes devenu la risée de tout le village, et voyez d'un seul coup s'écrouler tous les châteaux que vous aviez bâtis en l'air. Mieux vaut se repentir tard que jamais. J'avoue que j'ai mal fait en fréquentant familièrement une auberge de village, en y venant et y agissant comme si j'étais l'égal de votre fille ; et je sens maintenant que si Lisa n'eût pas été de sa nature très-vertueuse, mes paroles et mes manières pussent pu corrompre sa belle âme.

– Qu'osez-vous dire ? s'écria le baes en éclatant ; avez-vous parlé à ma fille d'une façon déshonnête, séducteur que vous êtes ?

– Je me ris de votre folie, poursuivit le baron ; je veux oublier, pour un instant encore, quel est celui qui ose me parler ainsi… Je n'ai rien dit à votre fille que ce qu'on regarde dans le grand monde comme des compliments de tous les jours ; des choses propres à la langue française, et qui peut-être font peu de mal aux jeunes personnes qui n'entendent pas autre chose depuis leur enfance, mais qui, dans les rangs inférieurs, corrompent le cœur et dépravent les mœurs parce qu'on les y prend pour des vérités, et qu'elles y excitent ainsi les passions, comme si ce n'étaient pas de vains compliments. En cela, j'ai eu tort : c'est le seul crime ou plutôt la seule erreur que chacun puisse me reprocher, à l'exception de vous, qui m'avez fait faire et dire plus que je ne le voulais moi-même. Vous m'avez menacé tout à l'heure de m'interdire l'entrée de votre maison ; c'est inutile ; j'avais déjà pris la résolution de profiter de la leçon que j'ai reçue, et non-seulement de ne plus aller chez vous en ami, mais encore de ne plus me comporter vis-à-vis des autres paysans autrement qu'il ne convient à mon rang.

– Des paysans ! s'écria le baes avec impatience. Je ne suis pas un paysan ! Je m'appelle Gansendonck. Quelle ressemblance prouvez-vous entre un paysan et moi, dites ?

– Malheureusement pour vous, il y en a peu en effet, répondit le baron. Votre vanité vous a jeté hors de la bonne voie ; maintenant vous n'êtes ni chair ni poisson, ni paysan ni monsieur : vous ne rencontrerez toute votre vie qu'hostilité et raillerie d'un côté, dédain et pitié de l'autre. Vous devriez avoir honte de mépriser si inconsidérément votre condition. Le paysan est l'homme le plus utile sur la terre ; et quand il est probe, qu'il a bon cœur et qu'il remplit ses devoirs, il mérite mieux que qui ce soit d'être estimé et aimé. Mais savez-vous qui livre souvent les paysans à la risée du monde ? Ce sont les hommes qui, comme vous, s'imaginent qu'on s'élève en dédaignant ses frères, qui se figurent qu'on cesse d'être paysan du moment qu'on parle des paysans avec mépris, et qu'il suffit de s'attifer de quelques plumes d'aigle pour être aigle soi-même.

– Vous ai-je écouté assez longtemps ? s'écria le baes en bondissant ; croyez-vous, monsieur le baron, que je sois venu chez vous pour me laisser traîner dans la boue sans mot dire ?

– Encore un mot, ajouta le baron. Faut-il vous donner un bon conseil, monsieur Gansendonck ? Écrivez sur la porte de votre chambre à coucher : Cordonnier, restez à vos formes ! Habillez-vous comme les autres paysans, parlez et agissez comme les gens de votre condition, cherchez à votre fille un brave fils de laboureur pour mari, fumez votre pipe et buvez votre pinte de bière amicalement avec les gens du village, et ne vous efforcez plus de paraître ce que vous n'êtes pas. Songez que lorsque l'âne porte la peau du lion, ses oreilles dépassent toujours, et qu'on ne manquera jamais de s'apercevoir à votre plumage et à votre ramage que votre père n'était pas un rossignol. Et maintenant allez en paix avec cette leçon ; vous m'en remercierez plus tard ! Pensez-vous avoir encore quelque chose à dire ? parlez, je vous écouterai à mon tour.

Le baes bondit de nouveau de sa chaise, croisa comme un furieux les bras sur sa poitrine, et s'écria :

– Ah ! vous croyez me tromper par votre feinte modération et vos singeries ? Non, non, ça ne se passera pas ainsi ; nous verrons s'il n'y a pas de loi pour vous contraindre, monsieur le baron ! J'irai trouver votre père à la ville, et lui exposer comment vous avez souillé l'honneur de ma maison ! Et dussé-je faire écrire à Paris à la comtesse dont vous me cachez le nom par crainte, je le ferai ; – j'empêcherai votre mariage, et de plus, je ferai connaître à tout le monde quel faux trompeur vous êtes !

– Est-ce tout ce que vous avez à dire ? demanda le baron avec une colère contenue.

– Épousez-vous Lisa, oui ou non ? vociféra le baes en le menaçant du poing.

Le baron étendit la main et tira deux fois violemment le cordon de la sonnette. On entendit aussitôt des pas précipités dans l'escalier. Baes Gansendonck frémissait de dépit et de honte. La porte s'ouvrit ; trois domestiques apparurent dans le salon.

– Monsieur le baron a sonné ? demandèrent-ils tous ensemble avec empressement.

– Conduisez monsieur Gansendonck jusqu'à la porte du château ! dit le baron avec autant de calme que cela lui était possible.

– Comment, vous me faites mettre à la porte ! s'écria le baes avec une colère concentrée. Vous me le paierez, tyran, imposteur, séducteur…

Le baron fit un signé de la main aux domestiques, se leva, et quitta le salon par une porte latérale.

Baes Gansendonck était comme foudroyé, et ne savait s'il devait invectiver ou pleurer. Les domestiques le poussèrent poliment, mais irrésistiblement jusqu'à la porte, sans s'inquiéter de ses imprécations.

Avant de savoir au juste ce dont il s'agissait, le baes se trouva dans la campagne et vit la porte du pavillon se refermer derrière lui.

Il marcha pendant quelques instants tout droit devant lui, comme un aveugle qui ne sait où il se trouve, jusqu'à ce qu'il courût se heurter la tête contre un arbre, dont le choc parût le réveiller. Alors il se mit à suivre à grands pas le chemin en tempêtant et en proférant injures sur injures contre le baron pour donner issue à sa tristesse et à son dépit.

Il s'arrêta pensif au coin d'un taillis. Après être demeuré là un demi-quart d'heure plongé dans les plus douloureuses réflexions, il se mit à se frapper lui-même du poing et à frapper son front de la main, en s'apostrophant lui-même à chaque coup :

– Âne stupide ! oseras-tu encore rentrer à la maison, imbécile que tu es ? Tu mériterais le fouet, sot lourdaud ! Cela t'apprendra ce que sont les barons et les messieurs ! Mets encore maintenant un gilet blanc et des gants jaunes ; mieux eût valu mettre un bonnet de fou ! Tu es assez niais, assez bête pour te noyer dans un moulin à vent ! Cache-toi, rentre sous terre de honte, rustre de paysan ! rustre de paysan !…

Enfin, après avoir épuisé contre lui-même toute sa colère, les larmes jaillirent de ses yeux ; pleurant et soupirant, plein de honte et de tristesse, il se traîna vers sa maison.

Tout à coup il vit de loin son domestique accourir au-devant de lui en poussant des cris qu'il ne put comprendre autrement que comme une pressante invitation de se hâter.

– Baes, baes, oh, venez vite ! s'écria Kobe dès qu'il fut plus près de son maître, notre pauvre Lisa est dans une convulsion mortelle !

– Mon Dieu ! mon Dieu ! soupira baes Gansendonck, tout m'accable à la fois ! et tout le monde m'abandonne. Toi aussi Kobe !

– C'est oublié, baes, dit le domestique avec une douce pitié ; vous êtes malheureux, je resterai près de vous aussi longtemps que je pourrai vous être bon à quelque chose… Mais allons, allons !

Tous deux se dirigèrent vers le village en accélérant le pas et en poussant de tristes exclamations.

X

L'hiver est passé. Déjà les arbres et les plantes commencent à déployer leur tendre verdure sous la douce lumière du soleil ; les oiseaux font leurs nids et chantent leurs belles chansons de mai ; tout brille d'une vigueur juvénile, tout sourit à l'avenir, comme si jamais sombre nuage ne devait plus obscurcir le beau cil bleu…

Dans l'arrière chambre du Saint-Sébastien repose une jeune fille malade, la tête sur un coussin. Pauvre Lisa, un ver cruel ronge sa vie ! Elle est assise là, immobile et pourtant haletante de lassitude ; le moindre mouvement est pour elle un pénible travail. Son visage est pâle et transparent comme le verre mat ; mais sur chacune de ses joues amaigries rougit une tache brûlante, indice fatal qui donne le frisson… Plongée dans une triste rêverie, elle effeuille de ses doigts effilés quelques marguerites qu'on vient de lui apporter pour la distraire, comme un jouet à un enfant. Elle laisse tomber sur le parquet les fleurs flétries ; sa tête s'affaisse sans force sur le coussin ; son regard vitreux monte vers le ciel et plonge dans l'infini ; son âme mesure déjà la route de l'éternité !

Un peu en arrière de la jeune fille, du côté de la fenêtre était assis baes Gansendonck, les bras croisés sur la poitrine. Sa tête était penchée profondément, ses yeux à demi clos étaient fixés sur le sol : tout sur ses traits et dans son attitude trahissait d'amères douleurs, le remords et la honte.

Quelles étaient les pensées du malheureux père qui voyait son unique enfant s'éteindre ainsi comme une martyre ? S'accusait-il lui-même ? Reconnaissait-il que sa vanité était le bourreau qui avait rivé l'innocente victime sur le banc de torture ?

Quoi qu'il en soit, dans son cœur aussi un serpent dévorant tordait ses replis, car son visage était sillonné des rides profondes de la souffrance, et ses joues flétries, ses mouvements lents témoignaient assez que les dernières étincelles de confiance, de courage et d'espérance étaient éteintes dans son âme.

Le moindre soupir de sa fille malade le faisait frissonner ; la toux pénible de Lisa déchirait son propre sein ; et quand elle dirigeait sur lui son regard souffrant, il tremblait comme s'il eût lu dans son œil vague et incertain le mot affreux : infanticide ! Et pourtant maintenant que dans son cœur l'amour paternel s'était dégagé pur et ardent, des liens de l'orgueil, il eût accepté avec joie la mort la plus cruelle pour prolonger d'une seule année la vie de son enfant.

Pauvre Gansendonck ! tout lui avait si bien souri dans le monde ! De si célestes rêves de félicité et de grandeur l'avalent bercé toute sa vie de leur doux mirage ! Et maintenant il était là, comme une ombre muette, assis auprès de son enfant mourante, – affaissé et tremblant comme un criminel sur le banc d'infamie.

Si ce continuel tourment de la conscience, cette éternelle pensée de mort avaient vieilli son corps, elles avaient aussi dissipé dans son âme les ténèbres de l'orgueil et de la vanité, et singulièrement adouci son caractère. Maintenant son costume était modeste et sans prétention, sa parole affable, son attitude pleine d'humilité. Douloureusement courbé sous son triste sort, sa vie n'avait plus qu'un seul but, l'adoucissement des souffrances de sa fille, ses efforts, qu'un seul objet, la libération de Karel.

Baes Gansendonck était assis depuis près d'une demi-heure déjà dans la même position. Il retenait son haleine et ne bougeait pas, de peur de troubler le repos de sa fille.

Enfin, Lisa releva la tête avec un douloureux soupir, comme si l'oreiller n'eût pas été commodément placé. Baes Gansendonck s'approcha d'elle, et lui dit avec une pitié profondément ressentie :

– Chère Lisa, cela t'attriste, n'est-ce pas, de rester toujours seule dans cette chambre ? Vois, le soleil brille avant tant d'éclat au dehors ; l'air est si doux et si frais ! J'ai placé dans le jardin une chaise et deux coussins. Veux-tu que je te mène au soleil ? Le docteur a dit que cela te ferait du bien.

– Oh non ! laissez-moi ici, dit la jeune fille avec un soupir ; ce coussin est si dur.

– L'éternelle tranquillité de cette chambre a quelque chose de pénible, Lisa ; ton cœur a besoin de récréation.

– L'éternelle tranquillité ! répéta la jeune fille pensive. Comme il doit faire calme et bon dans la tombe !

– Laisse là ces lugubres pensées, Lisa. Viens ! Faut-il t'aider ? Personne ne te verra ; je fermerai la barrière du jardin, tu t'assiéras derrière la belle haie de hêtres ; tu verras comme les fleurs rajeunies poussent avec vigueur ; tu entendras comme les oiseaux chantent bien. Fais cela pour moi, Lisa.

– Eh bien ! père, répondit la jeune fille, pour vous plaire j'essaierai si je puis encore aller aussi loin.

Appuyant les deux mains sur la table, elle se leva lentement.

D'abondantes larmes s'échappèrent des yeux du père quand il vit Lisa chanceler sur ses jambes affaiblies, et tous ses membres trembler comme sous un pénible effort ; on eût dit qu'elle allait s'affaisser sous le poids de son corps pourtant si délicat. Baes Gansendonck la prit sous les bras, sans dire un mot, et la porta plus qu'il ne la soutint. Ils s'en allèrent ainsi pas à pas à travers l'auberge, et après s'être maintes fois reposés, atteignirent le jardin, où Lisa, à bout de forces et prise d'une toux douloureuse, s'affaissa dans le fauteuil.

Après que le baes eut disposé les coussins derrière son dos et sous sa tête, il s'assit à côté d'elle sur une chaise, et attendit en silence qu'elle fût un peu remise de sa lassitude.

Enfin il dit d'un ton consolateur, tout en pleurant encore :

– Aie bon espoir, chère Lisa ; le bel été est commencé ; l'air doux et pur te fortifiera. Tu guériras, va, mon enfant !

– Ah ! mon père, pourquoi me tromper ? dit la jeune fille en soupirant et en hochant la tête. Tous ceux qui me voient, – vous comme les autres, père, – pleurent et gémissent sur mon sort. C'en est fait, n'est-ce pas ? Quand viendra la Kermesse, je serai déjà couchée au cimetière.

– Mon enfant, ne t'attriste pas toi-même par cette désolante pensée.

– Une pensée désolante ! On n'est pas bien en ce monde, père ! Ah, si j'étais déjà au ciel ! Là est la santé, la joie, l'éternel amour.

– Karel reviendra bientôt, Lisa. N'as-tu pas dit toi-même que tu serais vite guérie ? Lui saura bien te consoler ; sa voix affectueuse t'arrachera à tes amères souffrances et te rendra une force nouvelle.

– Encore six mois ! dit la jeune fille avec désespoir, en levant les yeux au ciel comme si elle adressait une demande à Dieu. Encore six mois !

– Plus aussi longtemps ; Lisa. Kobe est parti hier pour Bruxelles, chargé d'une lettre de notre bourgmestre pour le monsieur qui est notre intercesseur auprès du ministre. Tout nous fait espérer que nous obtiendrons pour Karel une diminution de peine. En ce cas, il sera mis sur-le-champ en liberté. Dieu sait si Kobe ne nous apportera pas cette après-dînée la joyeuse nouvelle de sa prochaine délivrance. Lisa, mon enfant, ne te sens-tu pas revivre à cette pensée ?

– Pauvre Karel ! dit Lisa, rêveuse, quatre éternels mois déjà ! Ô père, j'ai commis une faute, moi… Mais lui qui est innocent que ne doit-il pas souffrir dans son sombre cachot !

– Mais non, Lisa. Avant-hier encore, je suis allé le voir dans sa prison. Il supporte son sort avec patience : si ce n'était ta maladie qui l'afflige, il s'estimerait heureux en ce monde.

– Il a tant souffert, père ; vous l'aimerez, n'est-ce pas ? Vous ne le repousserez plus ? Il est si bon !

– Le repousser ! s'écria le baes d'une voix tremblante ; je l'ai supplié à genoux de me pardonner, j'ai baigné ses pieds de mes larmes…

– Ciel ! Et lui, père ?

– Il m'a serré dans ses bras, m'a embrassé, m'a consolé. J'ai voulu m'accuser moi-même, lui dire que mon orgueil seul est la cause de son malheur, lui promettre que toute ma vie serait une expiation. Il m'a fermé la bouche par un baiser… un baiser qui comme un baume du ciel a versé dans mon cœur l'espérance et l'énergie, et m'a donné la force d'attendre avec moins d'anxiété la décision de Dieu. Béni soit le cœur généreux qui rend le bien pour le mal !

– Et à moi aussi il a tout pardonné, n'est-ce pas, père ?

– Te pardonner, Lisa ? Quel mal as-tu donc jamais fait ! Ah ! si tu souffres, si une punition d'en haut semble te frapper, c'est pour moi seul, ma pauvre enfant, que tu supportes cette amère expiation !

– Et moi, suis-je innocente, père ? N'est-ce pas ma légèreté qui déchirait le cœur de Karel et le faisait languir de désespoir ? Mais il m'a tout pardonné, l'excellent ami.

– Non, non, s'écria le père, Karel n'a rien à te pardonner. Tu conserves toujours à ses yeux la chaste pureté de la fleur du lis… Même alors que mon orgueil insensé te forçait à agir imprudemment, et que tout concourait à lui inspirer de la méfiance, même alors il repoussait le moindre soupçon, et disait, l'assurance dans les yeux : – Ma Lisa est pure, elle n'aime que moi seul sur la terre.

Un doux sourire parut sur le visage de la jeune fille.

– Ah ! dit-elle, cette conviction adoucira mon agonie. Quand je serai là-haut, je prierai Dieu pour lui, je lui sourirai du haut du ciel en quelque lieu qu'il aille… jusqu'à ce qu'il y vienne aussi !

L'accent joyeux de la voix de Lisa encouragea son père à faire un effort pour détourner son âme des tristes pressentiments qui l'assiégeaient.

– Et tu ne sais pas, Lisa, dit-il d'une voix enjouée, tu ne sais pas tout ce qu'il me disait avant-hier du beau jardin qu'il va faire faire pour toi dès qu'il sera libre ? Toutes les plus belles fleurs à profusion, des sentiers et des allées tortueuses, des parterres, des berceaux, des étangs !... Et pendant qu'on travaillera à cela, il fera avec toi un voyage à Paris ; il te fera voir les plus belles choses qui se puissent trouver au monde ; il te ranimera par son amour, par mille plaisirs, par mille joies... Ô Lisa, penses-y un peu, tu seras déjà la femme de Karel alors. Rien sur la terre ne pourra désormais vous séparer ; votre vie sera un ciel de bonheur ! Et Karel veut que j'aille demeurer avec vous deux et sa mère dans la brasserie. Il sera mon fils ! Toi, Lisa, tu retrouveras une tendre mère. Par la douceur, par l'humilité de mon caractère, je regagnerai l'amitié des villageois. Chacun nous estimera, nous aimera. Nous nous aimerons tous les uns les autres ; nous serons unis par le lien d'une fraternelle affection et passerons paisiblement notre vie sur la terre ! Mais, Lisa, mon enfant, qu'as-tu ? tu trembles ! N'es-tu pas bien ?

La jeune fille fit encore un effort pour sourire, mais il était visible qu'elle n'en avait plus la force. Elle chercha cependant la main de son père, et, l'ayant trouvée, elle dit d'une voix éteinte et qui allait s'affaiblissant de plus en plus :

– Cher père, si le Dieu de là-haut ne m'avait pas rappelée, vos paroles de consolation me guériraient sans doute ; – mais, hélas ! qu'est-ce qui pourrait me sauver... de la mort que je vois toujours devant mes yeux... comme quelque chose que je ne saurais dire... un nuage... quelque chose qui me fait signe. Et maintenant encore, un frisson glacial parcourt mon corps ; l'air est trop froid... De l'eau, de l'eau sur mon front ! Ô père, cher père, je crois... que je vais mourir !...

En prononçant ces funèbres paroles, elle ferma les yeux et s'affaissa sur elle-même, inanimée comme un cadavre.

Baes Gansendonck tomba à genoux devant sa fille et leva vers le ciel des bras suppliants, tandis qu'un torrent de larmes s'échappait de ses yeux ; mais bientôt il reprit conscience de la situation, et se releva vivement en proie à une fiévreuse anxiété. Il se mit à frictionner la paume des mains de Lisa mourante, lui souleva la tête, l'appela par son nom, baisa ses lèvres glacées et baigna Son front de larmes de repentir et d'amour.

Peu après le sentiment revint à la jeune malade. Tandis que son père, à demi fou de joie, épiait sur son visage les indices de son réveil d'un sommeil qui ressemblait à la mort, elle ouvrit lentement les yeux et promena autour d'elle un regard surpris.

– Pas encore ! encore sur la terre ! dit-elle en soupirant. Ô père, ramenez-moi à la maison ; ma tête tourne, ma poitrine brûle ; l'air me ronge les poumons, le soleil me fait mal !

Comme si baes Gansendonck eût voulu soustraire son enfant à la mort qui la menaçait, il la saisit dans ses bras avec un élan jaloux et la porta dans la chambre.

Lisa se rassit près de la table et reposa silencieusement sa tête sur le coussin.

Le baes voulut encore lui adresser des paroles de consolation, mais elle l'interrompit d'une voix suppliante :

– Ne parlez pas, cher père ; je suis si lasse, – laissez-moi reposer.

Baes Gansendonck se tut, regagna sa chaise et se mit à pleurer en silence sur la mort prochaine de sa bien-aimée Lisa…

Une demi-heure s'était écoulée sans qu'un mouvement, un son, un soupir eût trahi la présence d'êtres humains dans cette chambre, quand on entendit soudain une voiture s'arrêter devant la porte.

– Voilà Kobe, Lisa, voilà Kobe ! s'écria joyeusement baes Gansendonck ; je l'entends au pas de notre cheval.

Une étincelle d'espoir brilla dans l'œil mourant de la jeune fille.

Le domestique entra en effet dans la chambre. Lisa parut rassembler toutes les forces qui lui restaient pour apprendre la joyeuse nouvelle ; elle leva la tête, tendit le cou et regarda Kobe. Le baes s'élança vers celui-ci, et s'écria :

– Eh bien, eh bien, Kobe ?

Les yeux humides, le domestique répondit :

– Rien ! Le monsieur qui devait parler pour Karel au ministre de la justice est parti pour l'Allemagne…

Un cri de détresse étouffé s'échappa de la bouche de Lisa. Sa tête retomba lourde comme du plomb sur l'oreiller, des larmes silencieuses jaillirent de ses yeux :

– Hélas ! hélas ! dit-elle d'une voix si faible qu'on l'entendait à peine, il ne me reverra plus sur la terre !

XI

Par une belle matinée, un jeune paysan suivait à grands pas la chaussée d'Anvers à Bréda. Il était hors d'haleine, et la sueur perlait en grosses gouttes sur son front. Cependant une indicible joie rayonnait dans ses yeux, et dans les regards rapides qu'il jetait sur la campagne ou plongeait dans l'azur sans bornes du ciel, on voyait briller la reconnaissance envers Dieu et l'amour envers la nature renaissante. Ses pas étaient légers ; de temps en temps il lui échappait une exclamation de joie ; on eût dit qu'il se hâtait avec une ardente impatience de gagner un lieu où l'attendait un grand bonheur.

Et, en effet, c'était Karel le brasseur, qu'une réduction de peine venait de rendre inopinément à la liberté.

Maintenant il revenait au village, le cœur plein de rêves heureux. Il allait revoir sa Lisa, la consoler, la guérir ! Car n'était-ce pas sa condamnation, son emprisonnement, qui courbaient la jeune fille sous le poids d'un chagrin rongeur et la faisaient dépérir ? Et sa délivrance, son retour, n'étaient-ils pas l'infaillible remède à sa maladie ? Oh oui, il allait la retrouver, pure, aimante ; la surprendre par son apparition imprévue, lui crier : – Cesse de t'abandonner à ta douleur, ma Lisa. Me voici, moi, ton fidèle ami. Puise des forces dans mon amour, relève la tête avec espoir ; tous nos maux sont passés, envisage l'avenir avec courage et joie, souris à la vie : elle nous promet encore tant de belles années !

Et sa bonne vieille mère ! Comme il allait la récompenser de ses tendres et sympathiques souffrances ! Déjà il la voyait en esprit, poussant un cri d'émotion, accourir au-devant de lui ; il sentait ses bras s'enlacer à son cou, ses baisers brûler ses joues, ses larmes couler sur son front… Et il souriait avec amour à la douce vision, tandis que le mot : Mère ! mère ! tombait de ses lèvres.

Oh ! le jeune homme était heureux ! Sa liberté retrouvée gonflait de joie sa puissante poitrine ; l'atmosphère parfumée de la bruyère l'enveloppait de balsamiques effluves et versait le feu de la vie dans ses poumons ; le soleil de printemps jetait des teintes dorées sur la fraîche et jeune verdure des sapins, et donnait à la nature entière un magnifique vêtement de fête. Rêvant un séduisant avenir, le cœur débordant de reconnaissance envers Dieu, évoquant sous ses yeux fascinés tout ce qu'il aimait, soupirant d'amour, souriant de bonheur, le jeune homme marcha d'un pas de plus en plus rapide jusqu'à une demi-lieue environ de son village natal.

Là il s'arrêta soudain, tremblant et comme si une lugubre apparition l'eût frappé d'effroi et de consternation.

Trois messieurs venaient de déboucher d'un chemin latéral sur la chaussée ; l'un d'eux était monsieur Van Bruinkasteel !

Il serait difficile de dire si ces personnes avaient remarqué le jeune homme ; mais du moins elles ne le regardèrent pas, et suivirent le chemin du village.

Karel était désolé. Il ne voulait pas en ce moment entrer en conversation avec le baron, car il sentait bouillir son sang et comprenait combien la rencontre pouvait être dangereuse pour lui si son ennemi lui adressait une seule parole insultante. Et cependant il ne pouvait s'arrêter non plus ; trop forte était l'impatience qui l'emportait vers sa bien-aimée Lisa, pour aller ensuite presser dans ses bras sa vieille mère.

Après un instant de réflexion, Karel prit une résolution subite ; il s'élança de la chaussée dans un sentier qui touchait celle-ci, et, courant à travers champs et bois, atteignit un autre chemin qui, bien qu'en faisant un long détour, devait aussi le conduire au village…

. . . .
. . . .

Sur le village planait les sons lents du glas des morts… Dans le cimetière s'ouvre béante une tombe récemment creusée ; chaque tintement de la cloche de deuil retentit dans cette fosse qui attend ; on dirait qu'une voix sourde s'élève du sol, et que la terre avide appelle sa proie en soupirant.

Les animaux mêmes frissonnent douloureusement à ce lugubre appel de la mort ; les chiens répondent par des hurlements au son des cloches, les taureaux poussent des beuglements sourds… Hors ces funèbres sons, un morne silence enveloppe toute la commune ; on n'y aperçoit d'autre mouvement que la marche appesantie de vieilles gens qui, le livre de prières et le rosaire à la main, s'acheminent vers l'église comme des ombres muettes.

Dans le lointain s'avance Un triste cortège… Mais comme il est beau ici le voyage vers le lieu du dernier repos !

Quatre jeunes filles, vêtues de robes blanches comme la neige, portent le corps de leur compagne morte dans la fleur de la vie ; d'autres jeunes filles, parées de même, marchent à côté d'elles pour recevoir à leur tour le précieux fardeau. Toutes les filles de la commune suivent derrière, portant à la main des fleurs ou des branches de buis, toutes, jusqu'aux petites filles dont l'âme innocente ne comprend pas encore ce que signifié le mot mourir. Beaucoup pleurent amèrement, toutes marchent la tête baissée et plaignent la pauvre Lisa, si innocente hélas ! et pourtant si punie.

Sur le cercueil sont semées des fleurs : les roses et les lis, emblèmes de la pureté virginale. Leur odeur est si fraîche et si parfumée ; elles brillent si bien de tout leur éclat sur le drap blanc… Là-dessous aussi gît une fleur, un lis rongé par le ver des douleurs, pâle et flétri ; innocent agneau expiatoire, malheureuse victime de l'orgueil et de la vanité !

Trois hommes seulement suivent immédiatement le corps. D'un côté marche Kobe le domestique ; de l'autre, Sus le forgeron.

Pleurant de pitié et de tristesse, ils soutiennent une troisième personne qui chancelle comme un homme ivre. Il cache son visage dans ses mains, des larmes s'échappent à travers ses doigts ; sa poitrine est soulevée par de douloureux sanglots… Pauvre Gansendonck ! coupable père, tu n'oses plus jeter les yeux sur ce cercueil ? À chaque regard, le ver de la conscience te mord au cœur, n'est-ce pas ? Tu trembles d'angoisse et de honte ? Mais je ne veux pas lire dans ton cœur ; ton martyre m'inspire le respect ; j'oublie ton fatal orgueil, et moi aussi je verse une larme de compassion sur ta cuisante douleur…

On approche du champ de la mort ; voilà le prêtre qui doit dire sur la dépouille mortelle la dernière prière…

Mais, qu'est-ce qui frappe d'effroi la foule muette ? Pourquoi ce cri d'angoisse qui s'échappe en même temps de toutes les poitrines ? Quelle terrible apparition fait trembler ces jeunes filles ?

Dieu ! voilà Karel !… Il s'arrête un moment comme frappé de la foudre, il fixe un œil égaré sur le cortège dont la marche s'est interrompue tout à coup sous ses regards ardents ?… Le jeune homme anéanti comprend ce qui se passe ! Il accourt les cheveux dressés sur la tête, il se précipite auprès du corps, il repousse violemment les jeunes filles, il arrache le drap mortuaire, il ensanglante ses mains aux clous du cercueil qu'il veut ouvrir ; il appelle sa Lisa, il crie, il pleure, il rit…

Enfin des hommes l'entraînent de force loin du cadavre… Mais un nouvel incident lui arrache un cri de vengeance, cri si affreux, si terrible que tout le monde en frémit d'effroi. Qu'ont donc vu ses yeux hagards qu'il s'élance comme un furieux, en écartant tout obstacle et avec un féroce cri de triomphe vers celui qui cause sa colère ?

Ciel ! voilà le baron derrière les vitres d'une auberge !

Malheur ! malheur ! Le jeune homme égaré tire un couteau de sa poche : quelle lueur terrible la lame jette au soleil ! Il bondit en rugissant dans l'auberge : un meurtre va être commis…, Mais non il se heurte contre le seuil et tombe comme une pierre, la tête sur les dalles. Tous lèvent les mains au ciel avec des cris d'épouvante, tous tremblent… Mais Karel ne se relève pas ; il demeure gisant sur le sol, comme si la mort venait de trouver en lui une nouvelle victime.

Le baron, son ennemi, est le premier auprès de lui ; il relève le jeune homme avec compassion ; lui aussi sent en ce moment un remords qui le ronge, il entend une voix qui lui crie : Ton étourderie a contribué à ces malheurs que tu vois sévir si terriblement autour de toi.

Kobe accourt aussi ; tous deux portent Karel sur une chaise, et lui baignent d'eau fraîche le front et la poitrine ; mais il reste sur son siège, inanimé et pâle comme un mort...

Pendant ce temps, le prêtre murmure le dernier adieu sur la fosse ; la terre retombe avec un bruit sourd sur le cercueil...

Karel est sorti de son évanouissement. Le baron veut le consoler... Kobe lui parle de sa mère ; mais le jeune homme ne connaît plus ni ami ni ennemi ; un feu étrange effrayant brille dans ses yeux, il rit, il semble heureux !... Il est fou...

Cher lecteur, s'il vous arrive par hasard de traverser le village où cette triste histoire est arrivée, vous verrez devant la brasserie deux hommes assis sur un banc de bois, jouant ensemble comme s'ils étaient encore enfants. Le plus jeune a une physionomie morne et sans vie, bien que la flamme de la folie étincelle dans son regard ; l'autre est un vieux domestique qui le soigne avec une affectueuse pitié et s'efforce de le distraire.

Demandez au domestique la cause du malheur de son maître ; le bon Kobe vous racontera de tristes choses, il vous montrera la fosse où baes Gansendonck dort du sommeil éternel auprès de son enfant, et, soyez-en sûr, il terminera infailliblement son récit par ce proverbe,

L'ORGUEIL EST LA SOURCE DE TOUS LES MAUX.